웰
빙

이것이
나와 사회의
'웰빙'을
이루어 나가는
초석이다

웰
빙

WELL-BEING

OECD 교육의 방향으로 마음을 관찰하여
실천한 「OECD 교육 2030 연습노트」

김연오 지음

바른북스

1. 提笔忘字

디지털에 익숙한 젊은 세대들의 신 문맹 현상을 가리킬 때 사용하는 중국의 이 신조어는 글자 망각 현상이 중국 사회에 큰 문제로 부상하고 있음을 보여준다. 이는 비단 중국만의 문제가 아니다. 요즘 아이들을 보면 문해력이 부족하다는 생각이 참 많이 든다. 어릴 때부터 영상매체에 익숙하다 보니 문자가 아닌 영상매체로 정보를 얻으려 하고 자연스레 글을 읽고 쓰는 것을 힘들어하는 모습이 관찰된다. 국어 시간에 다른 과목보다 독서 지문 분석을 버거워하는 아이들을 보면서 글을 읽고 쓰는 것이 얼마나 힘든 일인지 새삼 느끼게 되는 것이다. 이러한 세태 속에서도 꾸준히 자기 삶의 발자국을 기록하고 있다는 점에서 저자의 기록인 이 책이 더 의미 있게 다가왔다. 담담한 문체로 일상을 기록하고 이를 통해 발견한 삶의 가치를 정리함으로써 자신이 깨달은 바를 공유하는 경험이 공감을 형성해 삶 속에서 중요한 요소를 기록해 나가는 일이 이 글의 독자들에게도 확산돼 갈 수 있기를 바라본다.

2. 易地思之

나는 한 학교에 오래 근무하는 것을 선호하는 편이다. 또한 아이들과 깊이 관계를 맺고 성장하는 과정을 지켜볼 수 있어 주로 한 학년을 맡으면 아이들이 졸업할 때까지 함께하는 편이다. 그러다 보니 자연히 이전 근무지와 현 근무지의 학생들에게서 나타나는 차이가 크게 느껴지는데 그중 하나가 협동학습에 대한 반응이다. 모둠활동을 시켰을 때 부담스러워하고 다른 친구들과 협동해 문제를 해결해 나가는 데 어려움을 호소하는 학생들이 크게 늘어난 것이다. 하고 싶은 일과 회피하고 싶은 일은 누구나 비슷하기에 역할 갈등을 호소하는 아이들도 많다. 아이들에게 있어 자기표현 능력이 강해졌다면 배려와 양보, 상대의 입장을 이해하려는 태도는 아쉬운 부분이 큰 것이다. 복잡한 현대 사회에서 나 홀로 할 수 있는 일은 많지 않다. 직간접적으로 타인과 타협하며 함께 지내야 하기에 싫어도, 힘들어도 그러한 태도를 배워나가야 한다고 생각하지만, 막상 적응을 힘들어하는 아이를 보는 것도, 양보와 배려를 하다 보니 상대적 박탈감을 느끼는 아이들을 지켜보는 것은 쉬운 일이 아니었다. 그러던 중 이 책을 접하게 되었고 내용을 읽다 보니 저자의 마음 수련 과정이 잘 드러난다는 점이 장점으로 와닿았다. 자신의 마음을 챙기는 일은 현대인들에게 반드시 필요한 일이기도 하다. 저자는 일기의 형태로 일상을 기록하고 돌아보는 과정을 통해 마음을 들여다보는 연습을 꾸준히 하고 그 기록을 모아 이 책을 만들었다. 이 책 속에는 마음 챙김에 서툰 저자의 초기 모습부터 자신의 마음뿐 아니라 타인의 마음을 이해하는 지금에 이르기 까지의 과정이 고스란히 담겨 있다. 그렇기에 나는 저자의 일상 적 경험에서 받은 자신의 마음을 들여다보고 있는 그대로 받아 들이는 것에서 시작해서 타인에 대한 이해로 나아가는 과정에 서 이 책의 독자들도 자신의 마음을 챙길 수 있길 바란다. 자기 이해에서 역지사지를 통한 타인의 이해로 나가는 과정에서 함 께 살아가기 위한 배려와 존중, 협력의 자세를 내면화할 수 있 기를 말이다.

– 진해여자고등학교 교사 이은주

내가 담임을 맡았던 학생들 가운데 특별히 기억에 남는 두 학생이 있다. 한 명은 열정적이고 정의감 넘치는 학생으로 우리 학급 회장이었다. 다른 한 명은 온화하고 밝은 성격의 우등생이었다. 두 학생 모두 교사들뿐만 아니라 또래들 사이에서도 신뢰가 두텁고 선망받는 학생이었다.

둘은 고등학교 2학년 같은 반이 되면서 절친이 되었다. 보기만 해도 흐뭇한 학생들이었기 때문에 주변에서는 Best friends라며 부러움의 눈으로 둘의 우정을 응원했다.

그런데 학년이 끝나갈 때쯤이었다. 학급 회장이 나와 상담하던 중 충격적인 속내를 털어놓았다. 자신은 우등생과 그리 친한 것 같지 않다는 것이다. 함께 많은 시간을 보내고 있지만 고민이나 마음속 깊은 이야기를 나눌 수 없고, 1년이 다 되어가는 당시까지도 관계가 겉도는 느낌이라며 주변에서 자신들이 굉장히 친하다고 생각하는 상황이 더 불편하다는 이야기였다.

둘의 관계가 더 어려운 점은 둘 사이를 불편하게 만드는 특별한 사건이 없었다는 것이다. 나는 학급 회장에게 우등생과 솔직하게 이야기를 나눠보라고 조언했지만 별로 도움이 되지 않았던 것 같다. 3학년이 되면서 둘은 다른 학급에 배정되었고 자연스럽게 멀어졌다. 그들 사이에 내가 알지 못하는 다른 문제가 있었는지는 모른다. 하지만 분명한 것은 그들이 자신들의 마음을 제대로 들여다보지 못했다는 것이다.

두 학생 모두 워낙 모범생이었기 때문에 언제나 주변의 기대에 부응하며 살아왔다. 영화 속 주인공 같은 둘의 우정을 기대하는 주변의 시선 때문에 마음으로 친해지기도 전에 Best friends가 되어버렸고, 둘은 Best friends의 모습을 보여주느라 정작 깊은 우정을 나누지는 못했던 것으로 생각된다.

나는 SNS에 집착하는 요즘의 세태를 볼 때 마음 한곳에서 불편함을 느낀다. SNS에 열정적인 사람들은 소위 인싸가 되기 위해 유명 포토 스폿에서 사진을 찍고 이름난 맛집을 찾아가 음식 사진을 찍어 인증하고 자신의 SNS에 찍힌 '좋아요' 숫자를 보며 만족감을 느낀다.

또 SNS에서 보이는 유명인들의 일상을 따라 하고 그들의 화려한 삶을 동경한다. 사회적 동물인 우리는 주변으로부터 인정받고자 하는 욕구가 강하기 때문에 나타나는 현상일 것이다. 그러나 남들과 똑같은 포즈로 사진을 찍는 것, 내가 먹은 예쁘고 화려한 음식을 자랑하는 일. 무엇인가 중요한 것이 빠진 것 같다.

그 장소에서 나는 어떤 인상을 받았고 그곳은 나에게 어떻게 기억될 것인가? 그 음식은 진짜 어떤 맛이었을까? 보이는 화려함에 집착해서 정작 본질은 외면당하는 것 아닐까? 외부의 부러움과 선망을 얻기 위해 정작 나의 내면은 충족되지 못하고 껍데기만 남아 어느 순간 허탈함을 느끼게 되는 것이다.

이 책은 한 사람이 자신의 마음을 들여다보며 내면에 충실하게 살아갈 때 일어나는 일에 대한 것이다.

곤란한 일이 생겼을 때, 형제나 친구들과 갈등이 생겼을 때, 학교생활에서 어려움을 겪을 때마다 글을 쓰면서 그 일이 어떻게 해결되기를 원하는지 자신의 마음을 들여다보았다.

저자의 마음 들여다보기는 자기 마음대로 모든 것을 끌어가려는 이기심과는 다르다. 갈등을 해결하기 위해 자신의 마음뿐만 아니라 상대방의 마음도 함께 들여다본다. 그래서 상대방이 어떤 마음인지를 헤아려 보는 것이다.

상대의 마음을 헤아리고 나면 포용할 수 있게 된다. 상대의 마음을 헤아리고 이해했다고 해서 그 사람을 내가 원하는 방식으로 바꿀 수는 없다. 내가 손쉽게 마음대로 할 수 있는 것은 오롯이 나 자신뿐이다. 그래서 이 책의 저자는 저자 자신과 상대방이 함께 좋을 수 있는 방향으로 결정하고 행동하며 문제를 해결했다. 그리고 그 경험들을 일기를 쓰듯 글로 남겼다.

글을 읽다 보면 어딘가 경전 같은 느낌을 받는다. 세상에 가르침을 주는 선지자의 글이나 종교 경전에서 보았던 것 같은 깨달음이 느껴진다. 어린아이가 처음부터 그런 성숙한 삶의 자세를 가지지는 못했을 것이다. 하지만 갈등 상황 속에서 나의 마음이 어떠한지, 이 세상 속에서 나는 어떻게 관계 맺고 싶은지 끊임없이 생각하고 자신과 주변의 마음을 들여다보는 연습을 해왔을 것이다. 유년기부터 고등학생이 될 때까지 그 오랜 연습이 자신뿐만 아니라 주변 사람들과 상황을 편안하게 만들었을 것이다. 책 속에는 그러한 깨달음이 녹아 있다.

겉으로 보이는 모습과 주변의 평판을 신경 쓰며 정작 자신의 내면을 바라보지 못하고 살다가 문득 사람들 속에서 외롭거나 삶의 공허함을 느끼는 이들에게 이 책을 추천하고 싶다.

자신과 주변 사람들의 마음을 들여다보고 그 마음이 편안해지는 방법을 체득할 때 비로소 내적으로도 풍요로운 삶을 살아가며 우리는 평안을 찾을 것이다.

- 인천원당고등학교 교사 김수진

세계는 하나로 연결되었다. 인터넷과 SNS의 발달로 지역 간, 나라 간 경계가 무너졌다. 스마트폰의 등장으로 지식, 정보, 문화의 교류는 더욱 활발해졌으며 세계가 하나의 사회와 같이 영향을 주고받는다. 세상은 우리가 상상하는 것보다 훨씬 더 빠르게 변하고 있으며 변화의 속도는 더 빨라질 것이다. 이렇게 변화무쌍한 시대에 미래 사회를 살아갈 아이들을 어떤 방향으로 교육해야 할지 교육자로서 고민하지 않을 수 없다.

'OECD 교육 2030: 미래 교육 역량 프로젝트'에서는 미래 핵심 역량으로 변혁적 역량 - 새로운 가치 창조, 긴장과 딜레마 조정, 책임감 가지기를 제시하며 이를 통해 궁극에는 개인과 사회의 웰빙으로 나아갈 것을 교육의 방향으로 제시하고 있다. 이러한 나침반을 들고 가는 학습의 주체가 학생이라는 점을 강조하고 있으며 배움의 과정에 교사, 학부모, 사회의 협력적 관계 또한 강조하고 있다. 이 교육의 방향은 2022 개정 교육과정에 반영되어 학교 교육 현장에서도 미래 핵심역량과 학생 행위 주체성을 함양하기 위해 노력하고 있다.

여기서 강조하고 있는 학생 행위 주체성이란 무엇인가? 학생 자신이 삶의 주인이 되어 능동적으로 주변과 관계 맺으며 배우고 성장해 나가는 태도이다. 사회와 조화롭게 관계 맺으며 주체성을 갖고 행복하게 살아가는 인간을 길러내는 것은 교육자와 부모라면 누구나 바라는 이상일 것이다. 그러나 우리의 교육 현실은 어떠한가? 경쟁 구도에서 살아남기 위해 부모는 불안에 떨며 과도한 사교육을 시키고 아이들은 부모님이 시키니까, 그저 해야 하니까 어디로 가는지도 모른 채 주체성을 잃고 끌려만 가고 있지 않은가? 4차 산업 혁명이 일어나면서 이전 시대에 가장 중요하게 여겨지던 지식과 기술은 이제 많은 부분이 인공지능으로 대체되었다. 미래 사회에는 어떤 능력과 태도를 갖는 것이 중요할지 많은 이야기가 있지만 우리는 방향을 잡지 못하고 무엇을 가르쳐야 할지 몰라 그저 부모 세대에 하던 지식 교육만을 반복하고 있지는 않은가? 이런 현상을 개선하기 위해 교육 과정을 개정하고 학교에서도 역량 강화 교육, 가치(미덕) 교육, 인성 교육 등 많은 노력을 하고 있지만 크게 변한 것은 없는 것 같다. 실제로 학생 스스로 자신이 삶의 주체라는 것을 깨닫고 주변과 협력하며 자신의 역량을 키워가는 교육을 실현하는 것은 쉽지 않다.

학교 교육 현장에서 한계를 느끼고 내 아이를 키우며 혼돈에 빠져 있을 때 이 책을 만났다. 저자는 어린 시절부터 고등학교 3학년이 된 지금까지 꾸준히 자신의 마음을 관찰하고 일기로 기록하였다. 일상을 기록한 단순한 일기가 아니었다. 그 속에 녹아 있는 삶의 지혜와 공생의 가치가 너무나 깊이 있게 와닿아 읽기를 멈출 수 없었다. 자신의 마음을 관찰하고 상황에 맞추어 너도 좋고 나도 좋게 내 마음을 바꾸어 나가는 것, 이것이 바로 학생 행위 주체성의 실현이 아닐까? 저자는 자신이 주체가 되어 자신의 마음과 행동뿐만 아니라 타인의 마음과 주변 상황을 관찰하고 그것에 맞게 마음을 바꾸어 배움을 키워나간다. 여기서 가장 인상 깊은 점은 항상 세상과 연결되어 있다는 점이다. 상대에게 필요한 도움을 기꺼이 나누어 주고 나에게 필요한 도움도 편안하게 받으며 세상과 함께 성장해 나가는 모습은 참 따뜻하게 다가온다. 나 혼자 잘나고 내가 편하고 쉬운 방향이 아니라 함께 좋은 방향으로 생각하고 실천하는 지혜, 상대를 편안하게 해줌으로써 나 또한 기쁨을 얻고 편안해지는 공생의 큰 가치를 저자는 벌써 깨달은 것 같다. 내면이 단단하고 열려 있는 사람은 분명 미래 사회에 자신의 존재 가치를 빛내며 세상을 아름답고 밝게 이끌어 나갈 것이다.

이 책에는 우리 교육이 나아가고자 하는 방향성과 그 실천 과정이 담겨 있다. 한 사람이 이렇게 오랫동안 일관되게 자신의 마음을 관찰하고 그 성장 과정을 고스란히 기록한 글은 흔치 않을 것이다. 자신의 틀에 갇혀 마음이 힘든 학생들, 자녀 교육으로 고민하는 부모님들, 현장에서 애쓰시는 선생님들께 이 책을 추천한다. 담담한 글 속에서 우리가 나아갈 방향과 삶의 지혜를 얻을 수 있을 것이다.

- 대구세천초등학교 교사 조묘선

"내가 내 마음을 보고
내 마음을 상황에 맞게 바꿔 쓸 줄 알면
어떤 상황이 와도
내가 행위의 주체로서 나와 상대를 모두 좋게 한다.

이것이 나와 사회의 '웰빙'을 이루어 나가는 초석이다"

중학교 2학년이 되고 난 어느 날
"엄마 저는 왜 사춘기가 없어요?"라고 엄마께 질문했습니다.
엄마는 "사춘기가 모두에게 다 오는 건 아닌데…" 하고 웃으
셨습니다. 그리고 엄마는 저에게 "왜 그런 생각을 하게 됐니?"
하고 되물으셨습니다.

"친구들 얘기를 들어보면 친구들이 이유 없이 화도 나고 또 예
민해져서 가족들과 많이 부딪히는데 그게 지금 사춘기여서 그렇
대요. 저는 그렇지가 않아서 왜 그런지 궁금해서요"라고 하니 엄
마는 "그래. 연오는 연오 마음을 볼 줄 알고, 또 상대의 마음을
볼 줄 알아서 상황에 따라 마음을 어떻게 써야 하는지를 알잖

아. 그래서 연오 마음을 먼저 관찰하고 상대의 마음도 관찰해서 어떻게 하면 서로 좋을 수 있을지 그 방향으로 생각해서 연오의 마음을 바꿔서 행동하잖아. 그리고 연오가 마음을 크고 좋게 쓰니까 부딪힐 수 있는 조건에서도 부딪히지 않겠지. 그게 연오가 사춘기라고 명명되는 시기에 있음에도 사춘기가 없다고 생각하는 이유 아닐까?"라며 웃으셨습니다.

엄마는 제가 글도 몰랐던 어린 시절 이해할 수 없는 상황이 생겨 어떻게 할지를 모르고 있을 때 '상대와 내 마음을 관찰해서 어떻게 하면 서로 좋을 수 있는가'를 생각해서 행동하기라는 방식으로 제 문제를 해결하도록 하셨습니다.

제가 저만 생각하고 마음을 썼을 때와 상대의 마음을 함께 생각해 보고 서로가 좋아질 수 있도록 방법을 찾아 행동했을 때 앞으로 펼쳐질 상황에 대한 그림을 각각 그려봄으로써 결과를 예측해 보게 하셨습니다. 그다음엔 자기만 생각하는 작은 사람이 되고 싶은지, 다른 사람도 품을 수 있는 큰 사람이 되고 싶은지를 물으셨습니다. 그럴 때마다 저는 큰 사람이 되고 싶다고 했습니다. 그러면 엄마는 "그런 사람이 되려면 어떻게 해야 할까?"라고 물으셨습니다. 제가 먼저 상대에 따라 상대에 맞게 제 마음을 바꿔 큰마음을 쓰면 된다고 했습니다. 엄마는 이 방법이 하나의 답을 구하기보다는 이런 사유의 과정을 통해 자신과 주변이 함께 좋을 수 있는 길을 찾아나가는 과정이라고 하셨습니다.

엄마는 '어떻게 자식을 길러야 스스로를 책임지고 사회에도 유익함을 줄 수 있을까?' 그런 고민을 늘 하셨고, 그래서 저와 동생들에게 마음 관찰 일기를 적도록 하셨습니다. 마음 관찰 일기란 자신에게 일어난 일로 갈등이 생겼을 때 자기 마음을 들여다보고 주변과 소통한 경험을 일기처럼 쓰는 것입니다. 제가 고등학교 3학년인 지금까지도 우리 가족은 마음 관찰 일기를 쓰고 있습니다.

개인과 사회에 대한 책임을 함께 생각하도록 하는 엄마의 교육철학은 'OECD 교육 2030' 프로젝트의 지향점과 유사합니다. 'OECD 교육 2030' 프로젝트에서는 개인과 사회가 함께 웰빙하기 위해서는 2030년에 사회에 나갈 청소년들이 교육 현장에서 행위 주체가 되어 복잡다단하고 변화무쌍한 사회에 대처할 수 있도록 변혁적 역량을 길러야 한다고 교육의 방향성을 제시하고 있습니다.

학생이 자기 행위의 주체가 되어 스스로 배우고 익히는 것이 학생 행위 주체성이며, 그 과정에서 자기 마음을 똑바로 들여다보고 자신의 마음을 상황에 맞게 바꿔 쓰는 과정에서 변혁적 역량이 발휘되어 개인과 사회 모두 웰빙할 수 있다는 사실을 저는 '마음 관찰 일기'를 쓰며 알아가게 되었습니다.

저의 첫 수필집 『웰빙』은 초등학교 때부터 쓴 저의 마음 관찰 일기를 책으로 엮었습니다.

내 앞에 벌어진 상황에서 그것에 맞게 나의 마음을 바꿈으로써 내가 속한 사회에서 조화롭게 살아가는 이야기, 배움의 자리에 있는 학생으로서 주체적으로 행동하며 살아갈 때 얻게 된 가치 있는 경험들을 기록한 저의 성장 노트입니다.

저의 경험들은 제1부 「주체성」의 학생 행위 주체성, 협력적 행위 주체성과 제2부 「변혁적 역량」의 긴장과 딜레마 조정, 책임감 가지기로 구성되어 있습니다.

학생인 제가 행위 주체가 되어 변화무쌍한 환경 속에서 제 마음을 들여다보고 상대 마음도 살펴 상황에 맞게 함께 좋을 수 있는 방향으로 마음을 쓴 이야기들인데 한 가지의 역량만 발휘된 부분도 있고 여러 가지 역량이 함께 발휘된 부분도 있으나 편의상 그 사건에서 강조하고 싶은 역량들과 주체성으로 분류해 책을 구성했습니다. 그리고 변혁적 역량의 한 범주인 '새로운 가치 창조'는 모든 사례에 포함되어 있습니다. 왜냐하면 마음 관찰 일기를 쓰며 내 마음과 상대 마음을 들여다보며 상황에 맞게 내 마음을 바꿨을 때 앞으로 어떻게 해야 하는가에 대한 새로운 앎이 생겨 그 부분을 저는 '새로운 가치 창조'라는 범주로 구성했습니다.

책을 묶으면서 생각해 보니 이것이 제가 부모님께 물려받은 가장 큰 자산이며 사회에 나가 제 스스로를 키워나갈 버팀목이라는 생각이 듭니다.

이 책이 나오기까지 함께 애써주신

할머니, 엄마, 아빠, 고모, 선생님들, 동생 여원이, 무주

그리고 초등학교, 중학교, 고등학교 생활을 함께하며

내가 배우고 성장할 수 있도록 협력해 준 친구들

저의 성장을 돕고 성장의 터전을 만들어 주고 계신

모든 분께 감사를 표합니다.

감사합니다.

지은이 김연오 씀

차례

제2장. 협력적 행위 주체성

제2부. 변혁적 역량

제1장. 긴장과 딜레마 조정

제1부. 주체성

제1장

학생 행위 주체성

새로운
가치창조

어떤 상황이 벌어져서
어떻게 해야 할지를 모를 때

마음을 침착하게 하고
어떻게 하면 잘할 수 있겠는가를 생각하면
방법이 떠오른다는 것을 알았다.

앞으로도
갑자기 어려운 상황이 생겼을 때
어수선하게 안절부절못하다가
기회를 놓치지 말고

마음을 내려놓고
침착하게 상황을 관찰하여
행동으로 옮겨야겠다.

**어려운 상황에서도
침착하게 생각을 굴리면
아무리 어려운 일이라도 해결책이 나온다**

체육활동을 할 때
변형 발야구를 했는데

전화번호 끝 번호가
홀수인 조와 짝수인 조로 나눠서 했다.

나는 끝 번호가 '2'여서
짝수 쪽으로 갔다.

우리 조가 먼저 공격을 했다.

나는 공격 말고 수비가 좋지만,
어차피 돌아가면서 할 것이기 때문에
딱히 상관없었다.

우리 팀이 수비할 때
안 좋은 점이 있었다.

공을 잡으면 바로 주는 것이 아니라,
수비 전체가 공 잡은 사람 뒤에
줄을 서서 공을 넘겨준 다음,

마지막 친구가
베이스에 있는 친구한테
줘야 하는 것이었다.

키 큰 친구 바로 뒤에
서 있을 때는

까치발을 들어
공을 잡아야 하고

공이 손끝에만
닿아 힘들었다.

그래서 어떻게 해야
빨리 넘길 수 있을지를
생각하니

키가 큰 친구 뒤에 있을 때는
내가 그 친구 앞으로 가서
넘겨주거나

또, 나랑 키가 비슷한
친구 뒤에서 받는 등
여러 가지 방법이 있었다.

상황을 관찰하니
빨리 넘길 수 있는
방법을 생각해 낸 것 같다.

아쉽게 우리 팀이 졌지만
그래도 열심히 한 것 같다.

다음에도
오늘처럼

어떻게 해야
할 수 있는가를 빨리
생각해서

상황에 맞게 지혜롭게 하면

다음엔
오늘보다 더 잘할 수 있을 것 같다.

안 되는 것도
여러 번 하다 보면
된다는 거

그래서
처음에
잘 못한다고
걱정하지 말고

차근차근
시도해 보면
언젠가는
선수가 된다.

보잘것없는 것이
실타래의 시작이니
하나하나 하다 보면 태산이 된다

오늘 점심 당번은 나이다
그리고 원래 오늘 메뉴는 '참치마요덮
밥'이었다.

그런데 무주가
엄마가 김치찌개랑 계란말이를 하라고
하셨다고 해서 그렇게 했다.

이때 '참치마요덮밥'은 식구들에게 많이
해줬고, 다른 것도 해줘야 된다는 생각
이 들어 김치찌개는 있는 거 데우고 계
란말이만 했다.

저번에는
계란만 풀어서 프라이팬에 담은 후
파를 넣어서 망쳤는데
오늘은 잘된 것 같다.

「뽕숭아학당」에서 하는 법을 봐서
어떻게 하는지 터득했기 때문이다.

이번에는 당근과 파를 넣어서 맛있게 만들었다.
다음에도 맛있게 만들어야겠다.

세상의 모든 것은
본질로서 같으니
'나는 못한다', '어렵다', '안 된다'는
생각을 내려놓고

사실 상대는 내가 말로 표현하지 않으면
나의 마음을 알 수가 없으니

친구가 나를 불편하게 하더라도
내 마음을 용도에 맞게 마음껏,
그리고 예쁘게 잘 표현하면

불편한 친구와도
사이가 나빠지지 않고
둘이 아니게 편안하게 소통이 되고
나의 삶을 주체적으로
살 수 있다는 것이다.

친구와의 의사소통은
마음을 예쁘게 표현하기

요즘 들어 학교에서 혼자 있는 게 편하다.
쉬는 시간에는 잠을 자고, 점심시간에는 틀어주는 유튜브를
그냥 보곤 한다.

그런데 솔직히 수경이가 많이 불편하다.
수경이가 와서 말을 걸고, 머리카락을 자꾸 만진다.
하지 말라고 말하고 싶었지만, 말주변이 없고, 말을 많이 하
는 성격이 아니다 보니 그 말을 하기가 어려웠다.

하지만 그런 말을 하기가 어려워도 입은 말하라고 있는
것이고 또 말은 내 생각, 내 의사 표현 등을 하라고 있는 것이
기 때문에 수경이가 나의 마음을 잘 이해하기를 바라며 좋게
그냥 "나 피곤해"라고 말했다.

아주 짧은 말이지만 내 의사를 잘 표현할 수 있었다.

앞으로도 내가 불편한 것이나 힘든 상황에서도
피하지 말고 내 의사를 상대방이 마음 상하지 않게
잘 표현해야겠다.

중
등

제1장. 학생 행위 주체성

35

새로운
가치창조

내 안에는

무량한
법과 능력이
있어서

어떤 방해가 와도
상대의 모습을
시비하지 않고

주체적으로
그 법과 능력을 활용하면

내가 해야 할 일을
집중하여
해낼 수 있다는 것이다.

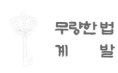

무량한 법
계   발

오늘 수업 시간에
민주가 딴짓해서 내가 그것에 신경 쓰여
그 수업에 집중하지 못하고
친구가 하는 행동에 집중하고 말았다.

하지만 나한테는 남 일 신경 안 쓰고
내 할 일을 해낼 수 있는
무량한 법과 능력이 갖추어져 있기 때문에,

민주한테 신경 안 쓰고 빨리 수업에 집중하고
선생님께서 어떻게 하시는지
관찰을 하면서 해봤다.

그랬더니
수업을 잘해낼 수
있었다.

중
등

힘든 일이라고 해서 그 자리에서 멈추면
할 수 있는 능력이
더 이상 늘어나지 않고 제자리가 된다.

힘든 일을 할 때 힘은 들지만
역량을 늘릴 수 있는 힘은
내 안에 있으니
조금 참고 하다 보면 넘어서게 되고
그다음부터는 그 부분에 대해서는 힘이 안 든다.

또 다른 힘든 일이 생기면
그걸 해봐서
또 넘어서면 그만큼은 힘이 안 든다.
이렇게 하는 것이 힘을 키우는 법칙이다.

그러나 힘들 때 그만둬 버리면
더 이상 역량을 늘릴 수 없다.

'조금만 더 하자', '조금만 더 하자' 하면서
역량을 늘리면 별로 어렵지 않다.

그렇게 해야 성장을 한다는 것이다.

주체적으로 힘 키우기

오늘부터 아침마다 산에 가기로 했다.

엄마가 아침에 공부한다고 자리에 앉아서 졸고 멍하니
있지 말고 차라리 등산을 다니라고 하셨기 때문이다.

오늘 역시 힘들었다. 가파른 산길이기 때문이다.
힘든 일이라도 한 발짝씩 가다 보면 해낼 수 있기
때문에 헉헉거리면서 열심히 올라갔다.

평소 내가 할 수 있는 것보다 더 갔다.
가다 보니 시원한 바람이 불어와서 너무 좋았다.

힘은 들었지만
내 안에는 할 수 있는 능력이 있으므로
내 자신을 키우기 위해서 주체적으로 한 발짝,
한 발짝씩 가다 보니 끝이 보이고 잘 올라갈 수 있었다.

이렇게 해내고 보니
'아~ 이렇게 하면 되는구나!'라는 생각이 들면서
힘든 일에 대한 두려움이 사라지고 힘든 일이
오히려 나의 힘을 키우는 것이라는 생각이 드니
마음이 편하고 좋았다.

새로운
가치창조

무슨 일을 할 때
꼭 친구에 의지하여
중심을 친구에게 두고 살았는데

가만히 보니까
내가 나의 중심은
나한테 두어야 하는 것이
맞는다는 것이다.

친구가 필요하면 내가 중심이 되어
친구와 함께 해주고
친구가 필요하지 않으면
나는 혼자 있어도 된다.

이게 완전하고 편하다는 생각이 든다.

홀로 완전하다

– 중심을 친구에 두면 자유롭지 못하다

코로나로 인한 온라인 수업이 끝나고
드디어 학교에 갔다.

나는 항상 친구랑 같이 다녀야 한다는
생각을 가지고 있었다.

오늘 점심시간에도
진아 뒤에 줄을 서기 위해 빨리 손을 씻으려고 했다.

하지만 '친한 친구는 같이 움직여야 해'라는
생각에 머무르지 않고
나 혼자서 천천히 손 씻고 줄을 섰다.
물론 간격을 유지하면서 말이다.

그랬더니 오히려 아주 편하게 밥도 먹고,
친구들과 즐겁게 하교할 수 있어서 매우 좋았다.

중
등

새로운
가치창조

사람이라면

남이 잘못된 행동을 한다고 해서
나도 똑같이
해서는 안 된다고 생각한다.

그것이 올바른 행동인지
그렇지 않은지
잘 생각해서 해야 한다.

삼류 배우의 잘못된 행동을
그대로 따라 하면
일류 배우가 될 수가 없다.

삼류 배우와 일류 배우의 차이

영어 시간에 5학년 남자애들이
자꾸 방과 후 영어 교실에 들어가려고 하는데
문을 막아버렸다.

문을 발로 차는 것은
잘못된 행동이라고 생각해서
나는 노크를 하고 "문 열어"라고 했다.

그랬더니 5학년 남자 중 한 명이 문을 열고는
내가 때릴까 봐 막 도망갔다.

하지만 난 수업 시간 때문에
그냥 자리에 앉았다.

때려 봤자
내 팔만 아프고
그 애들은 아무 소용이 없다는 것을
이미 알고 있기 때문이다.

초
등

제1장. 학생 행위 주체성

새로운
가치창조

나에게는
알 수 있고
배울 수 있는
능력이

절대적으로
갖추어져 있으니

포기하지 말고
부족하더라도
알아내면

내 꿈에
한 발짝
더 나아갈 수 있고
존경받는 날이 올 것이다.

진로

며칠 전 아빠가 나의 진로에 관해 물어보셨다.

그래서 심리상담사라고 했더니, 심리상담 관련 대학과 관련 학과,
되는 방법을 알아보고 그렇게 하기 위해 지금 내가 할 수 있는
일을 생각해 보라고 하셨다.

덧붙여 아빠는 심리상담 쪽으로 가려는 목적이 단지 '미래에
있을 유일한 직업'이 그 이유라면 가지 말라고 하셨다.

그래서 그건 아니라고 말씀드렸다.

중학교 1학년쯤, 이 직업을 알게 되었고,
그땐 '내가 이 직업을 해낼 수 있을까?'라는 생각이 들어 꿈을
확실히 정하지 못했다.

하지만 중학교 3학년 때부터 진로 선생님 말씀도 듣고 고등학교
올라와서 현재 심리학과 대학생인 언니의 이야기를
듣다 보니 나에게 맞는 직업인 것 같았다.

그래서 이틀 동안 아빠가 말씀하신 부분들을 찾아보았다.

이렇게 진로에 대해 구체적으로 찾아보고
과거에 했던 고민들도 되뇌어 보니
나에게 필요한 것은 무엇인지,
현재 해야 할 것들이 무엇인지 알게 되었다.
지금은 공부해야 할 때이다.

고
등

새로운
가치창조

내 안에는

어떤 것도
척척 해낼 수 있는
무한한 힘이 있으니

의존하는 마음을
버리고

내 안에
본래 갖추어 있는 힘을
발휘하여

주인으로서
당당하고

즐겁게 사는 것이다.

주체적인 삶

수영장에 갔다.

동생들과 수영을 하고
집으로 오는 길에
수영복 가방을

갈 때는 내가 들었으니
올 때는 다른 누군가가 들어야 한다는 생각이 들었다.

지금
이 가방의 주인은
우리 셋이다.

수영을 갈 때는 내가 들었으니
이젠 동생들 둘 중 한 명이
들어야 한다는 생각이 들었다.

그래서 나는
욕먹을 각오를 하고

삶의 주인 된 마음으로
자신 있게
여원이에게
"이제 네가 좀 들어"라고 했다.

제1장. 학생 행위 주체성

47

그래서
처음에는 여원이가 안 들었지만
엄마가 말씀하시고 나서 가방을 들었다.

나는
앞의 상황에서
주인으로서
주체적으로
상황을 해결해 갔다.

나도, 여원이도
수영복 가방의 주인이니 말이다.

지금 생각해 보면
잘한 것 같다.

말 안 했으면
계속 내가 들었을 테고

가방을 안 든 사람을 미워하면서
속으로
불만을 가지고
들고 갔을 테니 말이다.

그랬다면 나는
그 가방의 주인이 될 수 없었을 것이다.

왜냐하면
세 명이 이 가방의 주인이고
책임져야 할 의무를 지녔으니 말이다.

앞으로도
속으로
미워하고 싫어하지 말고

주체적으로
해야 할 말은 하고
내가 해야 할 일은 챙겨서 할 것이다,

해야 할 말을 안 하고
속으로만 하면
실천은 이루어지지 않고
서로가 힘들기 때문이다.

초
등

새로운
가치창조

어떤 문제가 생겼을 때

아무 생각 없이
문제를
내버려두지 않고

잘될 수 있는
방법을
곰곰이 생각하면

시원한
답을 얻는다.

우리는 어떠한 상황에도
내버려두지 않고 생각하면 할 수 있다

팔찌를 하고 있었는데
그게 자꾸 빠졌다.

그래서 '어떻게 하면 좋을까?'
잃어버리지 않고,
흘리지 않을 수 있는 방법을 생각했다.

흘리기 때문에
주머니에 넣으면 되겠다는 생각이 들었다.
그래서 주머니에 넣었다.

다행히 이렇게 생각해서 안 잃어버렸다.

다음부터도
내가 잘 챙길 수 있는지 생각을 해보고
어떻게 할지를 정해야겠다.

중요한 것을
아무 생각 없이 아무 곳에나 두다 보면
잃어버릴 수 있기 때문이다.

새로운
가치창조

우리는
함께 살아가기 때문에

무슨 일이 있으면
내가 상황을 잘 판단해서
행동에 옮기면

내 뜻대로
된다는 것을 알게 되었다.

나의 마음을 마음대로 쓰기

과학 실험을 했다.
준비물은 점화기, 유리병, 물, 향이다.

그래서 실험을 하는데
성호와 동석이가 점화기를 가지고 장난을 치고 있었다.

이때는 위험하니까
장난을 멈추게 해야겠다고 생각했다.

내 생각이 '멈추게 해야 한다'라고 생각되어 있으니
친구들에게
"점화기는 장난치는 물건이 아니라
실험할 때 사용하는 거야.

이곳에 두면 어떨까?"라고
물어보았다.

그래서 동석이와 성호가
점화기를 놓고
실험을 같이하였다.

우리는 모두가
온전하고 평등하니

남하고 비교해서 경쟁하지 말고
좋게 해내야 할 것을 하면

나의 가치가
크게 활용이 되고
즐거움이 된다.

능력 발휘하는 방법

이번 주에는 합창제와
예림제가 있다.

합창제 때는 계속 연습하고
당일에도 연습을 계속했다.

근데 상은 못 받았다.
하지만 전보다 훨씬 더 잘 부르고 소리도 컸었다.

1학년이 먼저 하고 2학년이 했는데
우리 팀이 2학년 첫 무대라서 그런지 좀 떨렸다.

작년에도 첫 번째로 했는데
이번에도 2학년 첫 번째라 걱정됐지만

우리는 모두 온전하다고 생각했다.

그래서 다른 반들도 잘 불렀지만,
우리 반이 노래 부르는 그 순간은
우리의 무대이니

잘하자는 생각이 들어 열심히 불렀다.

그리고 우리 반은 예림제(학교 축제)에는
안 나갔지만

부스 운영할 때
카페를 해서
핫초코도 만들고
아이스티와 레모네이드를 만들었는데
너무 힘들었다.

주문도 많고 만들 것도 많으니
너무 복잡했다.

그래도 네 명이 같이 하니
더 편했다.

그래서 서로 도와가며
빨리 진행되도록 했다.

이틀 동안
너무 힘들었지만
우리는 모두 온전하게 다 해낼 수 있었고 이것을 통해

우리가 모두
온전하다는 생각으로
비교하지 않고 하니,

경쟁심도 없고
아주 즐겁게 지낼 수가 있어

2학년의 마지막을
즐거운 추억으로 만들었다.

새로운
가치창조

무슨 일이 있을 때
평가라는 생각을
내려놓고

내가
해야 하는 것에
집중하면
원하는 것을
이룰 수 있으니
해야 하는 것을
멈추지 않고 하면

무엇이든
할 수 있는 '나'로
변할 수 있다는 것이다.

**평가는 남한테 받는 것이 아니라
자기한테 받는 것이다**

이번 주에는 음악과 국어 수행이 있다.

음악 수행은 6팀으로 10분 연습 후 평가를 봤다.
우리 팀은 첫 번째로 해야 했다.

이 음악 수행은
우리가 직접 악보를 만들고
악기도 만들어야 하니 힘들었다.

평가를 볼 때
절대 웃으면 안 되고 웃으면 감점이라서
악보만 쳐다보고 그 외엔 눈을 바닥에 뒀다.

이때
시간마다
우리 팀은 연습에 안 빠지고 계속 고치고 하며 했으니
잘할 수 있을 거라고 믿고 했다.

악보가 하나라 같이 보는데
살짝 어려움은 있었지만
금방 어딘지 알아차리고 티 나지 않게 했다.

첫 번째라서 긴장됐지만 잘한 것 같다.

그리고 국어 수행은 시를 분석해야 하는데 좀 어려웠다.

나는 충담사가 지은 향가 「안민가」를 분석했다.

친구들 대부분도 「안민가」를 한 것 같았다.
근데 좀 망한 것 같다.
빠진 것도 5개 정도 있고 조금 다르게 적어서 실수도 했다.

그래도 뭐라도 적어야 하니
끝날 때까지 쥐어짜서 적고 그랬다.

그렇게라도 안 했으면
8교시까지 남아서 해야 하는데
오늘 다 해서 다행이다.

생각해 보니
시험을 볼 때도,
수행평가를 볼 때도

평가라는 생각을 내려놓고,

내가 하는 것에 집중하면
내가 했던, 연습했던 것들이 있으니
멈추지 않고
무엇이든 잘해낼 수 있다는 것이다.

앞으로도
중간에 포기하지 않고,
끝날 때까지
부족한 부분은 없는지 확인하며 고쳐나갈 것이다.

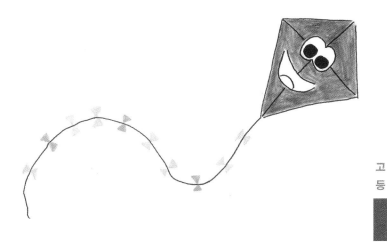

고
등

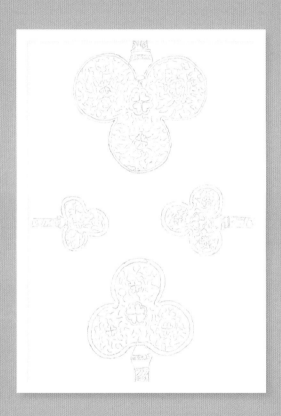

제2장

협력적 행위 주체성

우리가 사는 사회는
모두 함께 공존하는
큰 항공모함이니

항공모함이니까….

서로 도와주고 도움을 받으며
살아가야 한다는 것이다.

그래서 도움을 받는 것을
자존심 상해하지 말고

마음 크게 받아들이면
모두에게 좋은 일이 된다는 것을
알게 되었다.

그러므로 나도
나의 도움이 필요한 사람이 있으면
작은 도움이라도 귀찮아하지 말고
도움을 줘야겠다.

왜냐하면 우리는 함께 타고 가는

항공모함

수학 수업 시간에
내가 모르는 것이 있었다.

근데 나는 한 번 더 해보았지만
잘되지 않았다.

그때 옆에서 수겸이가 도와주었다.

수겸이와 나는
함께 커다란 항공모함을
타고 있으므로

수겸이가 알려주었으니
그것에 따라
다른 문제도 풀어보았다.

그랬더니 수겸이가
"그래! 이렇게 하는 거야!"
라고 말해주어서
나는 기분이 좋았다.
친구의 도움을 거절하지 않고
모르는 것을 제대로 배워 문제를 정확하게 풀 수 있었다.

초
등

제2장. 협력적 행위 주체성

65

새로운
가치창조

오늘은,
엄마와 나는 한배를 타고 가니
엄마의 도움을 받는 것이
더 좋다는 것을 알았다.

그래서 이걸 통해, 많은 사람들하고도
공생, 공존하여 함께 협력해서
산다는 것을 배웠다.

엄마의 말이
'잔소리다, 잔소리가 아니다'라는
작은 나의 마음을 내려놓으면

오히려 더 도움이 되고
그래서 내 마음이 커진다는 것이다.

따라서
엄마와 나는 함께 공존하므로

엄마와 협력하는 것이
나에게는 더 이득이라는 것을 알았다.

그래서
이제 나에게
듣기 싫은 말이 잔소리가 아니고
오히려
나에게는 도움이 되는 것이다.

보통 그런 잔소리는
듣기 싫어서 안 듣고
그냥 내 마음대로 했었는데

우리는 함께 살기 때문에
나에게 안 좋은 잔소리를 하는 사람이
나를 위해서 잔소리를 하는 것이다.

오늘도 어머니의 잔소리를 통해서

잔소리가 오히려
내가 성장하는 데 도움이 되고

내가 잘못될 수 있을 때
잘못되지 않도록 고칠 수 있다는 것을 알았다.

그래서 앞으로는
누가 나에게
어떠한 듣기 싫은 소리를 하더라도
그냥 듣기 싫다고
치워버리지 말고, 잘 받아들여서

나의 단점이나 잘못된 점을
고쳐서
그들의 마음에
거슬리지 않게 해야 한다.

왜냐하면
그들이 나를 위해서
나를 성장하게 하고

또 그들도
나와 함께 살아가기 때문이다.

우리는 공생가족

사탐 발표를 하기 위해 발표할 자료를 만들었다.

갑자기 엄마가 검사를 해준다고 하셨다.
솔직히 보여주기 싫었다.

엄마 마음에 안 들면 잔소리가 시작될 것이라고 생각했기
때문이다. 그래서 내 방식대로 고쳤다.

근데 지금에서 생각해 보니
엄마 말을 들으면 조금 더 도움이 될 것 같았다.

나를 다시 되돌아보니 엄마가 하는 말은 잔소리라고 생각하
고 있었다.

솔직히 요즘 발표하는 과목이 늘어났고, PPT도 많이 만들어
야 한다. 그래서 좀 스트레스를 받았던 것 같다.

사실 공생으로 엄마와 나는 한배에 타고 있고, 서로 공존하며 협
력해서 살아가야 하기 때문에 엄마가 더 좋은 방법을 제시해
준 것 같다.

이번에는 엄마가 가르쳐 주신 방법을 잘 쓰지 못했지만
앞으로는 내가 하고 싶은 것, 하기 싫은 것 모두 분별하지 않고
받아들여 더 좋은 방향으로 나아가야겠다.

새로운
가치창조

내가 원하는 것이 없었다.

그래서 비슷한 것을 찾았는데

알고 보니
그게 내가 원하는 것과 같은 것이었다.

내가 원하는 것을
폭넓게 생각해 보면
내 전공과 연관 안 되는 것은 없다고 본다.

결국 어떤 과목에서든
내가 필요한 것을
얻을 수 있는 것 같다.

내가
심리치료를 한다고 할 때

여러 가지 물리적으로 다쳐서
물리치료를 해야 할 사람도
그 사람의 심리도 있어 심리치료를 함께 해줘야 한다.

예술치료는
바로 예술을 통해
사람의 심리를 파악하는 것이기 때문에
결국은 심리치료를
할 수 있는 기반이 되는 것이다.

그래서 모든 치료는 치료사들이
서로 협력해서 함께 하면
치료가 잘될 수 있다고 본다.

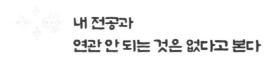

내 전공과
연관 안 되는 것은 없다고 본다

대구가톨릭대학교에서 교수님들이 오셨다.

나는 물리치료학과랑 예술치료학과를 들었다.

내 꿈과 관련된 학과를 찾으려 했는데
심리학과 교수님은 안 오셨다.

처음에는 '관련된 것이 뭐가 있을까?' 하다가
언어치료학과랑 예술치료학과를 선택하려 했는데

가위바위보에 져서 최근 관심이 생긴 물리치료학과를 선택했다.

수업을 들으면서
물리치료에도 여러 가지가 있다는 것을 알게 되었다.

약물치료, 균형감각을 깨워주는 치료, 장애가 있는 친구들을
도와주거나 사고가 나 걷지 못하는 사람들을 상체를 고정시켜
걷기 연습을 시켜주는 것 등 많은 것이 있었다.

그래서 관심이 생겼다.

그리고 예술치료학과는
만들기 혹은 그림을 그려서 심리 파악하기를 했다.

제1부. 주체성

보통 처음에 집, 사람, 나무 그림을 그려 심리를 파악하는데

나무의 잎을
사선으로 뾰족하게 그린 사람은 심리적으로 불안한 사람,

사람을 손톱, 발톱까지 그린 사람 역시 심리적으로 많이
불안한 상태라고 한다.

그리고
가족의 모습도 함께 있거나 같이 무언가 하고 있으면
가정환경이 좋은 사람이고,

각자 있거나 방에 들어가 있는 그림은
가족관계가 매우 안 좋은 사람이라고 한다.

처음엔
심리학이랑 관련된 것이 없어 좀 걱정됐지만

예술치료학과가 관련이 있어 다행이라고 생각했다.

이 수업을 들으며
두 가지 모두 관심이 생겼다.

처음에는 내 희망 직업에 있어서
심리상담사를 나 혼자 하면 된다고 생각을 했는데

심리상담사 안에도 상담하는 것이 여러 분야로 나누어
져 있어서 혼자만 상담을 하면 상담이 완전하게 이루어
질 수 없다는 것을 알게 되었다.

우리는 무엇이든 혼자 할 수는 없는 것 같다.
상담 하나에도 분야가 나누어져 함께 해나가고 있다.

그러므로 우리는 서로 간에 자기 분야에 충실하고 또한
다른 분야를 둘이 아니게 존중해서 함께 일을 이루어
나가야 한다는 것이다.

이제 나도 내 일만 할 것이 아니라 협동을 해야겠다.

왜냐하면 혼자서 할 수 없기 때문에
내가 협동을 해줘야 다른 사람도 내가 필요할 때
협동을 해줄 것이기 때문이다.

핵심을 알아 꿰어지게 되니
함께하기를 귀찮아하는 사람도 있지만
귀찮아하지 말고 미래를 위해서 함께 해야겠다.

하나보다 열이 더 좋다

동아리에서
본인이 관심 있는 심리에 대해 발표하기로 했다.

가위바위보를 해서 순서를 정했는데 2학년이 먼저 했다.

준비 안 해온 친구들도 있었지만,
2시간 내에 하려면 시간이 부족했다.

1반부터 했는데 다양하게 많이 해왔다.

기존에 알고 있던 것들도 있었지만
더 자세히 알 수 있었던 시간이었다.

이번 기회를 통해
심리학의 발전 및 심리상담사의 과정에 대해
잘 알 수 있었고,

심리상담사의 종류 및
임상심리학과 상담심리사의 차이도 알 수 있었다.

나는 상담심리에 관심이 있었지만

이렇게
연관을 시킬 수 있다는 것을 알아
좋은 시간이었다.

나의 능력은
금강과 같이 단단하고 견고해서
잘못되지 않으니

잘 못하는 것도
계속 연습하면
잘할 수 있고 멋있어진다는 것은
변함없는 사실이라는 것을 알았다.

그래서 앞으로 못하는 것도

안 된다 하지 않고 계속 연습을 해야겠다.

계속 연습하고 해보면
실력도 늘어
점점 내가 원하는 것을
이루게 된다.

연습하면 잘 된다는 것은 변함없는 사실이다

다음 주 화요일은 합창제이다.
우리는 김소월 시인의 「산유화」라는 시를 노래로 불렀다.

노래를 부르는데
감기가 덜 나아서 잘 안 나올 때가 있었다.

그리고 내가 속해 있는 알토 친구들이
목소리도 작을뿐더러 잘 안됐다.

하지만
잘 부를 수 있고 같이 해낼 수 있는 능력은
누구나 변함없이 갖고 있다고 생각하고

점심시간에도
같이 모여서 계속 노래를 불러보며
서로 조언도 해주고 더 잘할 수 있도록 노력했다.

선생님께서는 몇 주 전만 해도
알토와 메조소프라노 파트 소리가 작다고 걱정하셨는데
계속 연습하니 소리도 커졌고 잘할 수 있었다.

새로운
가치창조

문제가 있을 때
나 혼자
꼭
해결하려고 하지 말고

우리는
함께 살아가기 때문에
내 주위에 있는 분들과
문제를 함께 해결하면

쉽고 빠르게 해결되고
편안하게 살아갈 수 있다는 것이다.

내 주변에는
내가 쓸 수 있는 자산이 많다

사회문제 탐구 시간에 자기 진로에 맞는 사회문제를 찾았다.
개인차원의 문제, 사회적 차원의 문제를 각각 두 가지씩
찾아야 한다.

그런데 개인적 차원의 문제가 딱히 나오지 않았다.
더구나 사회문제가 많이 나왔지만
내가 생각하는 개인적 문제는 나오지 않는다.
다른 것도 진로 연관하는 것들이 많다 보니 어려운 부분도 많다.

그리고 심리 쪽은 현대에 나온 학문이라
동아시아사와 엮으려면 어려운 부분도 많았다.

하지만 이런 문제도 내가 풀어야 하는 것이기 때문에

어렵거나 잘 안돼도 내 주위에는 도움을 줄 수 있는 것들이나
도움을 줄 사람들이 많이 있으니 해결이 안 되는 것은 물어봐
서 해결해야겠다는 생각이 들었다.

그래서 동아시아 같은 경우 엄마 아빠의 도움으로 고모께 여
쭈어 보고 관련 도서들을 추천받아 과제를 잘 마무리할 수 있
어 좋았다.

고
등

새로운
가치창조

우리는 다양한 생각을 할 수 있으므로
다양한 문제를 풀어보라고 한다.

오늘 이 수업을 통해 사회문제가 나왔을 때
내 문제가 아니라고 생각했는데

이 문제를 맞닥뜨려 보니 사회문제가 사회의 문제가 아니라
바로 내 문제임을 알았다.

이 문제는 간단한 문제는 아니고
'왜 사람들이 아이를 낳지 않으려고 하는가?'를
알아야 하는데 나도 사회의 일원이고 여성으로서
인구감소의 장본인이 될 수도 있는데 말이다.

'내가 어떻게 해야 이러한 문제를 해결할 수 있는가?'

'나'라는 사람들이 뭉쳐 있는 것이 사회이므로
즉, 사회문제는 결국 내 문제이다.

그러니 사회문제라고 나오는 문제에 대해
단지, 사회문제라 치부하지 말고
나 하나라도 어떻게 해야 할지 생각해야 한다.

**우리 주변에 있는 사회문제는
사회 홀로의 문제가 아니라
내가 해결해야 할 나의 문제이다**

국어 수행을 사회문제와 엮어서 해야 한다.

4명이 팀을 이뤘는데
우리 팀은 저출산, 고령화를 주제로 삼았다.

생각해 보니 여성들이 사회에 많이 나가고
결혼하고 싶은 마음이 많이 없는 게 대부분인 것 같았다.

하지만 결혼이 선택이니 어떻게 말할 수는 없지만
자료를 찾아보며 심각성을 느꼈다.

그리고 이런 생각이 들었다.
아이를 많이 낳으려면 국민들의 선택도 중요하지만 '국가에
서 특혜 같은 것을 주면 안 되나?'라는 생각이 들었다.

예를 들어
'집을 나라에서 제공해 주든지 직장에서 돈을 더 주든지 그러
면 결혼하는 사람도 늘지 않을까?'라는 생각이 든다.

사회문제를 나의 문제와 연결시켜 보니 어떻게 하면 될지
생각이 떠올랐다.

다른 사람들이 잘못했을 때
내가 다 상관하지 않아도
선생님이 알아서 상관한다.

그래서 그런 상황이 생겼을 때
내가 그런 상황에 상관하려 하지 않고
기다리면 문제는 해결된다는 것이다.

알고 보면
내가 잘못한 거는 내가 고쳐야 하니까
내가 상관을 써야겠지만

다른 사람이 잘못한 것은

하늘이 알아서 할 것이니까
내가 상관 쓸 일은
아닌 것 같다.
그렇게 생각하니
마음이 편안해졌다

나를 상관 쓰는 건 중요하지만
남을 상관 쓰는 것은 가려서 해야 한다

방과 후 영어 수업 시간에 게임을 하였다.

게임을 할 때 한 친구가 파리채를 가지고 있었다.
파리채는 문제를 다 풀면 칠판을 치는 용도인데
그 애가 가지고 있어서 내가 칠판을 칠 수 없으니
화가 나서 때리고 싶었다.

하지만 친구가 그렇게 해도 상관 쓰지 않으니
외국인 선생님께서 그 친구에게 감점을 주셨다.

내가 만약 화를 냈다면
서로 기분이 좋지 않을 것인데
화를 내지 않아서 서로 공평하게 돼서 좋았다.

앞으로도
화로 해결하지 않고 말로 해결할 것이다.
그러면 싸움이 일어나지 않기 때문이다.

새로운
가치창조

의사전달 할 때는
'내가 알고 있는 대로 상대방도 알겠지!'하고
지레짐작으로 말하면 안 된다.

물론 상대방도 내가 한 말을 알긴 알았을 거다.

하지만 지레짐작으로 말하게 되면 상대방에게 안 할 수
있는 핑곗거리를 주게 되는 것이다.

그래서 이걸 통해
상대방이 변명하지 않도록
말은 정확하게
상대방이 빠져나가지 못하도록
논리적으로 명확하게 해야 한다.
내 팔은 좀 아팠지만
여원이 덕분에 배운 게 많다.
여원이는
나를 가르치는 스승이다.

나의 스승은 사방에 많다.

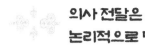

의사 전달은
논리적으로 명확하게 해야 한다

물을 뜨러 산에 있는 약수터에 갔다.
물을 뜨는데
2병은 무주가 뜨고 나머지 1병은 내가 떴다.
그리고 물 3병을 한꺼번에 세 명이 돌아가면서 들기로 했다.

그래서 처음에 내가 물병을 들었다.
내가 먼저 든다고 이야기했기 때문이다.

그래서 나중에 여원이한테 들라고 했는데
계속 안 들어서 짜증이 났다.

여원이한테 내가 먼저 든다고 이야기도 하고
고개를 끄덕여서 내가 먼저 들고 갔는데
나중에 여원이한테 주니까 계속 안 들었다.

처음에는 여원이가
내 말을 안 들어서 짜증도 냈지만

해야 하는 것은
그 페트병, 즉 물통을 들고 가는 것이기 때문에
그냥 내가 들고 가든 여원이가 들고 가든 괜찮으니 짜증 나는
마음을 가라앉히고 들고 집에 갔다.

그런데 생각해 보니
나는 계속 물병 안 들려고
억지 부리는 여원이의 행동만
잘못됐다고 고집하고, 집착하고 있었던 것이었다.

그래도 다행이다.
내가 계속 짜증 내고 안 들고 갔으면
엄마한테 혼나서 여원이도 손해고 나도 손했는데
내가 들고 갔으니 말이다.

다음에는
"네가 들라고,
이제 너 차례야"라고
제대로, 똑바로
말해야겠다.

그래야 오리발을 내밀지 못하기 때문이다.

여원이는 영원한 나의 스승이다.

새로운 가치창조

남의 것이 좋다고 해서
무조건 가져와서는
아무 쓸모가 없을 수 있다.

그래서 어떠한 것이 생겼을 때

보기에 좋아 보인다고
무조건 가지려고 할 것이 아니라

필요한지 필요하지 않은지
잘 살펴보고

나에게 해당이 안 된다면
필요한 사람에게 주는 게
현명하다고 생각한다.

필요하고 안 필요하고 좋고 나쁘고는
각자의 필요나 취향에 달려 있다

차 청소를 하다가 여원이의 꽃 모양 고리가 있었다.
난 그것이 마음에 들었다.

하지만 예쁘다고 해서 꼭 좋은 것만은 아니기에
나에게 꼭 필요한 것인지, 쓸모가 있는지 생각해 보았다.

생각해 보니
나는 고리가 꼭 필요한 것이 아니었다.

예쁘기는 하나 달고 다니기에는
너무 작아서 굳이 필요가 없을 것 같았다.

앞으로는
내게 꼭 필요한 것인지,
쓸데가 있는지 생각하고 하고 받을 것이다.

생각 없이 받으면
나중에는
곧 쓸모가 없어질 수 있기 때문이다.

새로운
가치창조

서로에게 이익이 되기 위해서는
상대방의 의견을 수용하고 판단하여

부족한 부분을
보충해 나가다 보면
채워나갈 수 있어
서로 좋다는 것이다.

사람들은
자기 의견이
받아들여지는지
안 받아들여지는지에 신경을 쓰고 있다.

그런데 중요한 것은
내가 내 의견이 받아들여져서

내가 잘난 척하는 것을 배우라고
그런 모둠활동을 시킨 게 아니라

우리는 배우는 학생이기 때문에
남의 의견을 받아들이면
더 큰 성과가 있다는 것을 배우고,

또 우리가
서로 도움을 주고
도움을 받으며

함께 이익이 되는 사회를
배우라고 한 것이다.

우리는 함께 생활할 때
나를 자랑하는 것이 아니고,

나는 내려놓고
'어떤 것이 서로에게 좋을 수 있겠는가?'를
알아야 하는 것이다.

가끔 모둠활동을 하면
나 잘난 척하다가 판이 깨지고 만다

남은 수행평가는 음악과 국어이다.

음악은 악보를 만들어야 하고,
국어는 시조 쓰고, 분석을 해야 한다.

근데 너무 어려웠다.

악보는 가사는 안 쓰지만
악기를 만들어서
어느 부분에 음악 수행 때
이 악기를 넣어 음을 맞춰야 할지 고민해야 했고,

국어 수행은 시를 찾아서 해야 한다.

하다 보니
안 맞는 부분도 있었고
어떻게 해야 할지 모르겠는 부분도 있었다.

하지만
희한한 악보도 만들어 봤으니
악보를 제대로 만들어 보자고 생각했다.

같은 모둠원인 은재가 조언해 준 부분도 받아들여 만들었다.

이때 친구가 조언해 준 부분인
한 마디에 6박자가 있어야 한다는 이야기를 듣고
그것에 맞게 해보았다.

각자 맡은 악기가 있으니 어디 넣어야 할지
내가 한 게 맞는지 여러 번 체크해 보았다.

아직 다 만든 건 아니지만

서로에게 좋은 방향으로
좋은 결과물을 내는 것이 중요한 것 같다.

제2장. 협력적 행위 주체성

새로운
가치창조

상대방에 대한
안 좋은 감정 등을
시비하지 않고

그런
색안경을 벗어버려야 할 것이다.

싫어하는 친구라도
잘할 수 있으니까

내가 다 못 한 부분은
그 친구에게라도 물어봐서
해야 할 일은
해결해야 한다.

이 세상에
도움을 안 주는 사람은 없는 것 같다

1.
정보 시간에 선생님 말씀을 듣다가 놓치는 바람에
어딘지, 어떻게 하는지 잘 몰라서 어쩔 줄 몰라 했다.

그때 민주가 가르쳐 주려고 했지만
난 너무 도움받기 싫었다.

그 이유는 평소 민주는
수업 시간에 좀 산만하고 집중도 잘 안 해서
내가 싫어하는 친구이기 때문이다.

하지만 이런 감정을 없애고
상황을 살펴보고

내가 선생님의 말씀을 잘 못 들어서
잘 들은 민주의 도움을 받으니 잘 해결할 수 있었다.

그러니까 싫어하는 친구라도 잘할 수 있으니까
내가 다 못한 부분은 그 친구에게라도 물어봐서
해결해야 된다는 것이다.

제2장. 협력적 행위 주체성

오늘도 정보 시간에 내가 놓친 부분이 있어
친구에게 물어보니 가르쳐 주어
수업을 잘 마무리할 수 있었다.

역시 우리는 사회 속에서
부족한 점이 있을 때는
주변에 도움을 받고 함께 살아간다는 것을 알았다.

나도 다른 사람이 나를 필요로 할 때
도움을 줄 수 있는 사람이 되어야겠다.

앞으로는
잘 듣고 해결하고

놓친 부분은
그 부분을 한 사람에게 방법 좀 알려달라고
도움을 청해야겠다.

안 그러면 나 혼자 진행이 안 될 수도 있기 때문이다.

2.
국어 시간에 책을 읽고 신문 만들기를 한다고 한다.

다행히 책이 학교에 있어서 안 들고 와도 된다고 한다.

근데 난 신문 만들기를 잘 못한다.
신문을 만들어 보지 않았기 때문이다.

팀을 짰는데 난 좀 마음에 안 들었다.
왜냐하면
까칠한 수겸이와 무표정 최현진이 있었기 때문이다.

하지만 그 친구들이 불편하다는 생각을 내려놓으니
그 친구들과 나는 둘이 아니어서
내가 필요로 하는 부분을
도움받을 수 있겠다는 생각이 들었다.

왜냐하면 수겸이는 과학의 날 행사 때
신문을 만들어 봐서 잘 알 것이기 때문이다.

새로운
가치창조

서로 아무 법칙이나 약속이 없으면
하는 사람은 하고, 안 하는 사람은 안 해서
세상이 엉망진창이 될 수 있으므로
규칙을 정해놨는데

그것은 그냥 기본이고,

실제에서는
여러 가지 변수가 있을 수 있으니까
기본을 바탕에 두고
자유롭게 해야 한다는 것이다.

세상은 고정되어 있지 않다.

계속 변동이 있어 돌아가기 때문에
잠시 고정되게 생각하고
기본을 가지고 돌렸을지라도
변동될 수 있기 때문에
가상으로 된 기본을 고정되게 두면 안 된다.

상황이 바뀌면
언제든지 바꿀 수밖에 없다는 것을 알면

변화가 있을 때
편안하게 받아들이고
빨리 상황을 전환시킨다.

그리고
기본이 정해져 있을 경우

기본이 있는 가운데서

내가 좋게 할 수 있으면
그냥 더 잘해도 된다.

우리가 정한 규칙은
고정되어 있지 않다

동생들과 아침마다 약수터에 간다.

오늘은 내가 가방을 메고 갔고, 가장 먼저 약수터에 도착해서
물을 페트병에 담고 있었다.

빈 병을 3개 들고 갔지만
내가 들고 가야 하는 1병만 담았다.

그런데 그러면 안 되는 것이었다.
어차피 그 물은 우리 가족이 먹을 것이고
하나 더 담는다고 해서 팔 아프게 드는 것도 아닌데 말이다.

나는 내가 굳이 다른 사람의 일을 하지 않고
내가 편한 대로 해야 된다는 생각을 하고 있었다.

다음부터는 내가 물통을 들고 갈 것이 아니더라도
내가 일찍 도착하면 물은 담아줘야겠다.

왜냐하면
1병만 받고 나머지 병들은 동생들이 받게 두는 것보다
다른 병들도 담아놓으면 애들은 들고만 가면 되니 편하고,

나는 물 받을 동안 기다리지 않아 빨리 집에 갈 수 있어서
서로 편해지기 때문이다.

잘 못하는 것은
아는 상대방에게
물어보면 잘 가르쳐 준다.

왜냐하면
우리는 함께 살아가기 때문에

자동으로
내가 모르면
함께 사는 상대도 힘들어지므로

나에게
잘할 수 있도록 가르쳐 주기 때문이다.

그리고
내가 몰라서 못 하면
남에게 또한 큰 피해를 주기 때문이다.

그러니
가르침을 줄 수 있는 사람에게 빨리 물어봐서
서로 편하게 잘 살아야 한다.

모르는 것도
물어봐서 알면 된다

축제 때 「HandClap」이랑 「문을 여시오」를 했다.

「문을 여시오」를 할 때는
그나마 잘 됐지만 「HandClap」을 할 때는 잘 안됐다.

내 생각에는
「문을 여시오」보다 동작이 더 많아서 그런 것 같다.
그래서 처음에 할 때는 잘 안돼서 걱정했다.

하지만 '나는 무엇이든 할 수 있다'는 생각을 가지고,
내 자리도 잘 기억해 두고 잘 안되는 것은
친구한테 물어보며 했다.

그랬더니 방법을 알아내어 내가 못했던 것도
할 수 있어서 정말 잘됐다.
그래서 자리도 잘 잡을 수 있어서 다행이라는 생각이 들었다.

친구가 가르쳐 줘서 잘할 수 있었고,
친구한테 물어봐야겠다는 생각을 한 나도 잘했다고 생각한다.

다음에도 모르는 것은 바로바로 물어봐야겠다.
왜냐하면 우리는 함께 살아가기 때문에
내가 모르면 다른 사람들이 가르쳐 준다.

중
등

새로운
가치창조

어떠한 일이 있을 때
내가 찾아봐서 못 찾았을 때는
꼭 없다고만 생각하면 안 된다.
왜냐하면 내 눈에 안 보일 수 있다는 것이다.

그러면은 다음에 찾아보라고 할 때 안 보일 때
'내가 잘못 보고 있는가?'
챙겨서 다시 보면
엄마처럼 볼 수 있겠다는 생각이 든다.

결론적으로
내가 내 눈앞에 안 보인다고
'안 보인다', '없다'고 단정 지으면 안 된다.
다른 사람이 찾아보라고 하면
있다고 믿고 찾아봐야 한다.

'있다고 하면 있는 것이다'
세상이 내 눈에 다 보이는 것이 아니다.

제1부. 주체성

눈을 뜨고 있어도
다 볼 수 있는 게 아니다

온라인 국어 수업을 할 때
아무리 찾아봐도 답이 안 나오는 것
이 있었다.
몇 번을 찾아봐도 잘 모르겠다.

그래서 엄마한테 말했는데
다시 한번 찾아보라고 해서
다시 찾아봤는데 안 보였다.

그래서 엄마가 찾아봤는데 잘만 보였다.
참 희한한 일이다.

내가 찾아보면 안 나오는데
어른이 찾아보면 나온다.

엄마의 모습을 보고 나니
앞으로 내가 잘 못 찾을 때
안 보인다고 하지 말고
꼭 꼼꼼히 다시 찾아봐야겠다는 생각이 들었다.

앞으로도 무언가를 할 때도 빠뜨린 것이 없는지
그런 것을 제대로, 꼼꼼히 챙겨봐야겠다.
그러면 욕먹을 일도 없을 테니까 말이다.

새로운
가치창조

싫어하는 부분을
거부하지 않고 받아들이면

잘못된 행동을 반복하지 않고
부족한 부분을 채우게 되고
새로운 것을 알아서

나를 더 발전시키고
조화롭게 만드는 것이
예술이라는 생각이 든다.

이것을 활용하면
인생 최고의 작품을
만들 수 있을 것
같다.

신기방기

점심시간에 축제 연습을 했는데
너무 떨렸다.

그래서 연습할 때
안 보고도 연습하고 그렇게 했다.

난 내가 걸려서 벌칙으로
혼자 1절과 2절에 맞춰
안무를 다 한다는 것이 매우 부끄러웠다.

하지만 부끄럽지 않게
이때까지 잘 연습했으니까
연습한 것 그대로 했다.

같이 하는 친구들과
위치도 정하고

내가 잘할 수 있다고
믿고 연습했다.
그리고 선배들이
댄서들을 넣는 것이 좋겠다고

제안을 해주셔서
댄서들도 넣었다.

그래서 1절, 2절 댄서들을 뽑았다.

댄서들을 넣어서 그런지
더 무대가 찬 느낌이었다.

정말
신기방기 했다.

항상 연습을 하지만
그때는 뭔가
더 특별하고 더 귀중한 시간이었던 것 같다.

선배들의 의견과
친구들과의 노력 덕에
더 잘할 수 있었던 것 같다.

다음에도
오늘처럼
무언가를 정해야 하거나 그럴 때
서로의 의견을 나누며 해야겠다.

그래야 의논도 잘되고
평화롭고 조화롭게
해결이 될 수 있기 때문이다.

사람이 사는 방법은 다양한 것 같다.

나는 이걸 통해
내가 갖고 싶은 것은
내가 내 힘으로만 가져야 한다고 생각했었는데

우리는 서로 함께 살아가기 때문에

내가 할 줄 모를 때
남한테 해달라고 할 수도 있다.

그 대신 남이 할 줄 모르는 것은
내가 해주면 된다는 것을 알았다.

우리는 모두 다 똑같이
모든 것을 다 잘할 수는 없다.

내가 잘하는 것은 남에게 주고
남이 잘하는 것은
남에게서 받을 수 있다.

쉽게
많은 것을 갖는 방법

수경이가 색종이로 가방을 만든 것을 보았다.
나도 1개 가지고 싶었다.

'내가 원하는 것은 색종이 가방인데
어떻게 하면 될까?' 생각하니

'수경이에게 내가 좋아하는 보라색으로 가방을
만들어 달라고 하면 되겠다'라는 생각이 났다.

알게 된 점은
내가 원하는 것을 알맞은 방법으로
가지는 방법을 알게 되었다.
그것은 바로 만들어 달라고 말하는 것이다.

내가 못 하는 것을 누군가는
알 것이기 때문이다.

나는 앞으로 내가 원하는 것을
가지려고만 할 것이 아니라
어떻게 가질지 생각할 것이다.

그래야 서로 다툼 없이 해결될 것이기 때문이다.

제2장: 협력적 행위 주체성

111

새로운
가치창조

다른 사람과 내가 둘이 아니어서
할 줄 모르는 일이 있어도

나에게 필요한 사람이 나타나
도움을 줄 수 있다는 것이다.

상대와 내가 둘이 아니어서
모르는 부분이나 더 추가할 부분을 발견하면
서로 도와주어 모두 알 수 있게 된다는 것이다.

그래서 내가 모르고 부족한 것에 대해
너무 힘들어하지 말고

또 다른 사람이
잘 못하고 그럴 때
욕하지
말아야 한다는
것을 알았다.

제1부. 주체성

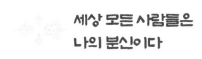

세상 모든 사람들은 나의 분신이다

영어 시간에 해석이 안 되는 부분이 좀 있었다.
그래서 우리 팀에 영어 잘하는 친구에게 물어가며 했다.
모르는 부분은 필기를 하고 그러면서 알아갔다.

그리고 국어 시간에도 4명이 조를 하는데
「저출산 시대에 청소년들이 해야 할 일」이라는 논문을 찾았다.

근데 서로 돌아가면서 보던 중
한 친구와 같은 논문을 보고 있었던 것을 발견했다.

그래서 친구와 같이 추가할 부분과
빼야 하는 부분을 체크하면서 보았다.

처음에는 내가 잘 못하는 부분이라서 걱정했지만
친구가 "맞다, 잘했어"라는 말들을 해줘서 잘할 수 있었다.

그리고 내가 문제 하나를 풀어오는 것을 했는데
친구들이 나에게 문제점을 잘 찾아서 풀었고,
또 설명도 이해되게 잘했다고 칭찬했다.
그리고 추가할 부분도 더 말해줘서 잘할 수 있었다.

다음에도 잘 안되는 일이 있으면 최대한 해보고
친구들과 같이 해결해 봐야겠다.

제2장. 협력적 행위 주체성

고정된 생각을 하는
작은 나를 놓고
상대의 상태, 상황을 보면서 하면

상대에 맞게 행동할 수 있고,
그에게 진짜 도움이 될 수가 있어서

나도 그 상대도
함께 발전해 나갈 수 있다는 것이다.

그래서
모든 것을 다 태울 수 있는
큰 배가 되는 것이다.

고정된 생각을 내려놓으니

무주에게 수학을 가르치고 있었다.

무주가 할 수 있는 것인데도
내가 계속 한 문제 한 문제 다 풀어주고 있었다.

이때 가만히 생각해 보니
'이 책에 있는 문제는 다 풀어야 한다'는 고정된 생각을 발견
했다.

그래서 이런 나를 내려놓고

무주가 이해가 됐고, 풀 수 있는지 확인 후,
진도를 빨리 나가야겠다는 생각이 들어
점점 빨리 진도를 나가게 되었다.

이렇게 '이 책에 있는 문제는 다 풀어야 한다'라고
고집하는 나를 내려놓으니
진도도 빨리 나가고
나의 고정된 생각도 없어져서 좋았다.

서로서로 협동하여 하다 보면
사이가 별로 좋지 않았던
친구와도 친하게 되고

협동은
또 다른 나를 만들어 낸다.

협동은 또 다른 나를 만들어 낸다

체육 시간에 농구공으로 공 뺏기와 공 지키기 게임을 하였다.

그때 다른 팀은 네 명인데 우리 팀은 세 명끼리 했었다.
인혜가 선생님께 혼이 나서 빠졌기 때문이다.
그래서 나, 수겸 그리고 솔이가 팀이었다.

이것은 공을 지켜야 하는 것이기도 하지만
뺏겼을 때 다른 팀의 공을 뺏어오면 탈락하지 않고
계속 이어 나갈 수 있었다.

그때 솔이, 수겸, 나의 손으로 합치면 모두 6개니까
서로서로 협동하여 해보았다.

먼저 내가 공을 지키는 것을 하였는데 상대 팀에 공을 뺏겼다.
그래서 솔이와 나는 상대 팀 공 뺏기를 했다.

"너는 어디를 맡아, 난 여기 맡을게"라면서
서로서로 협동하여 하였다.

그래서 사이가 별로 좋지 않았던 수겸이와도
즐겁게 지내게 되어 좋았다.

새로운
가치창조

우리는 서로의 특성이나 잘하는 것이 다르기 때문에
함께 힘을 합해서 하면 더 재미있고,
더 큰 일을 할 수 있다는 것을 알았다.

그리고 어려움이 있어도 함께 하니까
해낼 수가 있다는 것을 알았다.

사실 내가 감기에 걸려서 수경이에게 피해를 주었지만
피해받았다 생각하지 않고
묵묵히 하는 수경이를 보면서

'우리는 자신도 모르게 누군가에게
피해를 줄 수 있구나!'라고 생각하면서

나도 남이 피치 못할 상황에서
피해를 줄 때

'피해받았다'고 생각 말고 묵묵히 해야 할 일을 하며
도와줘야겠다는 생각이 들었다.

나도 모르게 피해를 줄 때

과학의 날 교내 행사가 있었다.

글쓰기, 발명, 4컷 만화 그리기, 융합과학 분야 중
나는 수경이와 함께 융합과학부문에 지원을 했다.

만들기를 했는데
처음에 보기엔 진짜 쉬울 줄 알았다.

그런데 그때 나는 감기 기운이 있어 컨디션이 좋지 않아
수경이가 힘들어했던 것 같다.

그래도 수경이와 나는
한 팀이기 때문에 나눠서 했다.

수경이는 방법을 구상하고
나는 색칠을 꼼꼼하게 하였다.

네임펜으로 테두리를 그리는 부분은 내가 하면 기침 때문에
선이 튀어 나갈 수 있어서 그것은 수경이가 하고
색칠할 부분은 내가 꼼꼼하게 했다.

아직 결과는 안 나왔지만, 난 기대감이 크다.

과학의 날 행사는 매년 해왔지만
융합과학은 처음이기 때문이다.

안 해본 것들을
해보는 것도 재미있는 것 같다.

아는 사람도 있고, 모르는 사람도 있어서 알려주며
더 창의적인 생각이 날 수 있기 때문이다.

정말 즐거웠다.

왜냐하면
중학교에 올라와 처음 해보는 과학의 날 행사에서
안 해보았던 분야를 해보고,
또 어떻게 하는지 잘 배웠기 때문이다.

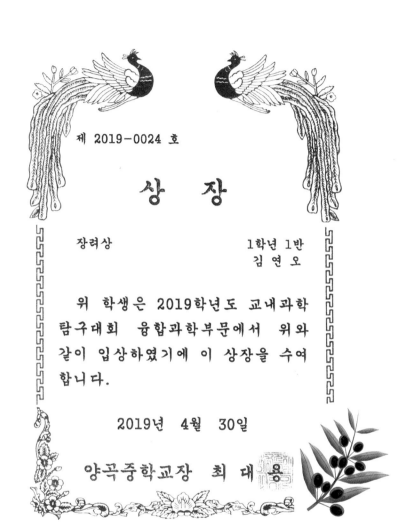

제 2019-0024 호

상 장

장려상

1학년 1반
김 연 오

위 학생은 2019학년도 교내과학
탐구대회 융합과학부문에서 위와
같이 입상하였기에 이 상장을 수여
합니다.

2019년 4월 30일

양곡중학교장 최 대 용

중
등

새로운
가치창조

우리는 함께 살기 때문에

친구가 잘 못하고 있을 때

친구가 선생님 말씀을 잘못 들었는지,
왜 그러는지에 대해서는 관심이 없고

'친구는 왜 이상하게 하나?' 하거나, '원래 그런다'고 방
치를 해놓고,

결과가 나쁘게 나왔을 땐 '너 때문에 졌어'라고
원망을 하는 경우가 많은데

이럴 땐 잘 못하고 있는 친구에게
빨리 함께 잘될 수 있도록 도와줘서
일이 잘 돌아가게 해야 한다.

왜냐하면 잘못된 것을 원망해 봤자
우리가 함께 살아가는 데 아무 이득이 없고
빨리 함께 잘할 수 있도록 해야만이
함께 이득이 되기 때문이다.

우리는 함께 살기 때문에
남이 잘 못할 때 도와주어야 내가 좋다

체육 시간 때 농구대결을 하였다.
'남자 대 여자'로 팀을 나누어 공을 튕기며 코너를 돌아야 한다.

우리는 함께 살아가기 때문에 서로서로 도와주고 배려하며
함께 해야겠다는 생각이 들었다.

그런데 민주가 선생님 말씀을 잘 안 들었는지
공을 계속 낮게 튕기었다.

그래서 민주에게
"민주야, 민주야! 선생님께서 중간 높이(배꼽 위치)만큼 튕기
라고 하셨어"라고 해주었더니
"알았어"라며 중간 높이까지 공을 튕기며 코너를 돌았다.

오늘은 함께 하며 서로 도움을 주며 배려하니 서로 협력하여
우리 팀이 이기게 되어서 좋았다.

다음에는 함께하는 마음으로 다른 문제도 해결해 보고 싶다.
왜냐하면 다른 것도 더 해보면 경험이 쌓이기 때문이다.

새로운
가치창조

우리가 살아가는 데 있어서는
생각지도 않은 변수가 있는 것 같다.

아파트에 남아 있는 사람이 내가 될 수도 있겠지만
내가 외부인이 될 수도 있는데

우선 이런 상황을 보면서
우리가 알고 있는 것만이 다이고
내가 편하게 먹고 자고 살고 있는 것만이
전부가 아니라는 것이다.

어떤 변수가 올 수도 있으니
내가 아파트 안에 있어도
'밖에 있는 사람들은 어떨까?' 생각해서

함께 잘 사는 방법을 생각하면
잘 살 수 있지 않을까?

지금은 부모님 밑에 잘 살고 있지만
어려움이 닥쳤을 때
어떻게 해야 할지를 알게 하려고 이런 기회가 주어진
것 같다.

내가 아파트 안에 있을 수도 있지만
밖에 있을 수도 있다는 것을 생각하고

안에 있는 사람이라면 외부인의 상황을 이해해서
서로 좋게 다 살려고 하는 방향으로 생각해야 할 것이다.

내가 아닌 다른 사람이
어려움에 부닥쳐 있을 때
그 상황이 내가 처한 어려움일 수 있다

생활과 윤리 시간에
영화 「콘크리트 유토피아」에 대해 토론을 했다.

「콘크리트 유토피아」는 본 적이 없지만
지진으로 건물이 다 부서져 아파트 한 채만 남았는데
그 입주민들과 외부인들의 갈등을 드러낸 영화이다.

내가 만약 입주민이라면
외부인 출입을 반대했을 것 같다.

물, 식량 등도 한계가 있을 것이고
입주민들도 살려야 하는데
외부인까지 신경 쓰려면 더 많은 인력이 필요하고,
힘들 거라는 생각이 들었기 때문이다.

물론 외부인도 현재로서는 산 사람이기 때문에
받아들여야 할 수도 있지만,
외부인과 주민들 간의 갈등이 더 심해질 수도 있기 때문이다.

그러나 「콘크리트 유토피아」에서

제1부. 주체성

서로 의견이 나뉘는데
상황에 맞게 결정을 해야겠다는 생각이 든다.

사실 내가 외부인일 수 있다는 생각이 들었다.
이것은 남의 이야기가 아니고

바로 이 상황을 본 사람들이 자신도 저러한 외부인의 상황에
처할 수 있겠다는 생각이 들었다.

그래서 결국 어려운 상황에 부닥쳐 있는 사람과 함께하고
또한 빨리 함께 새 아파트를 더 지어서
같이 잘 살 수 있도록
해야 하는 것이 아닌가?

그냥 남의 일처럼
'이게 맞다', '저게 맞다'라고
치부해 버릴 일은 아니고
바로 그 일이
자신의 일이 될 수도
있다는 생각이 든다.

고 등

제2부. 변혁적 역량

제1장
긴장과 딜레마 조정

새로운
가치창조

우리가 사는 사회에서는

남의 일이 남의 일이 아니라
내 일이 될 때가 있다.

그래서
남들이 싸움이 나서
싸움이 난 원인을 분석해 보라고 했을 때

처음에는
'남의 일을 갖고 왜 내가 해야 해!'라고
피해받았다고(분별) 생각했지만

막상 하고 보니
나에게 큰 싸움이 벌어질 일이 생길 때
내가 그런 싸움이 터지지 않는 방법을
알아낸 것 같다.

결국
남의 일이 남의 일이 아니라
나의 일이 될 수도 있으므로

오히려
도움이 된다는 것이다.

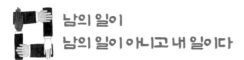
남의 일이
남의 일이 아니고 내 일이다

남자애들이 은빈이를 일부러 때려서
은빈이도 남자애들을 때리니
큰 싸움으로 번졌다.

비록 몸싸움은 아니지만
이 일 때문에
원래는 선생님께서 게임을 하려고 했으나
사건이 발생하여서 팀을 짜서 토론하기를 하였다.
이때 나는 짜증이 좀 났다.

왜냐하면
자기네들 일인데 우리가 또 해야 하기 때문이다.

하지만 '남의 일은 그 사람이 해야 해'라는
분별심을 내려놓고,

'아~ 이런 경우도 있겠구나!'라는
깨끗한 생각을 가지고 하였다.
그랬더니 생각이 잘 나오게 되었다.

다음에도 이런 일이 생겼을 때

분별심을 내려놓고 행동할 **것이다.**

그러면 그 친구에 대한
시비가 사라지고
함께 해결해야 한다는
마음가짐이 생기**기 때문이다.**

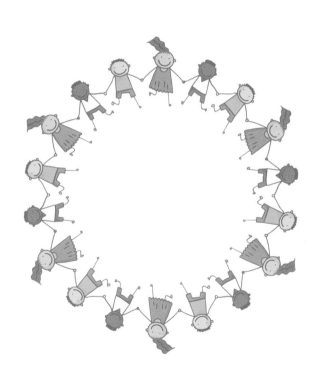

새로운
가치창조

변수가 생겨서
잘 못할까 봐
떨릴 때

이것도
내가 잘하려는
생각 때문에 떨리므로

잘해야 한다는 생각을
내려놓고
하면

무엇이든지
할 수 있을 것 같다.

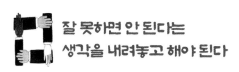

잘 못하면 안 된다는 생각을 내려놓고 해야 된다

우쿨렐레 리허설을 했다.

그런데
두 명이나 안 왔다.

바로 노래의 신이었던 한 친구가 입원하였고,
또 다른 한 친구는 독감에 걸려서 못 왔다.

그래서
무대에 올라갈 때 잘 못할까 봐 걱정되어 많이 떨렸는데

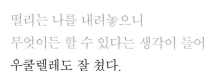

떨리는 나를 내려놓으니
무엇이든 할 수 있다는 생각이 들어
우쿨렐레도 잘 쳤다.

앞으로도
나를 놓고
할 수 있는 마음을 내서 해결할 것이다.

사람은 때로는 자신이 잘못해 놓고도
자기가 잘못했는지도 모르고

상대방이 화를 내는 것만 보고 또 자신이 화를 낼 수가
있다.
상대가 화나게 원인을 제공한 자는 나인데,
보통은 내가 잘못한 것은 생각하지 않고
상대가 화를 낸 것에만 반응을 나타내는 경우가 많다.

사실 나는 내가 책을 늦게 읽어서
친구가 화를 내게 하는 수고로움을 만들었는데
그 생각은 못 하고 친구가 화내는 것만 보고 화낸다고
내가 또 화를 내려고 했었다.

이처럼 자신을 잘 살피지 않으면
내가 잘못해 놓고도 내 잘못을 알지 못해서
친구들한테 미움을 받을 것 같다.

중요한 것은
내가 잘못해 놓고
또 내가 잘못한 줄도 모르는,

그래서
사람들에게 바보로 취급받는 게
더 무서운 일 아닌가?

앞으로
다른 아이들이 나로 인해
화를 낼 때

화내는 것에만 대응하지 말고
내가 잘못하고 있는 것이

무엇인지 잘 살펴야
사랑받는 아이가 될 수 있지 않겠는가?

그러므로
남이 화내는
것을
기분 나빠 할 것이 아니라

나 자신이
실수가 없고,

좋은 사람이
되는 것이
더 중요하다는 것이다.

**남이 나에게 화내는 것이 무서운 일이 아니라
내가 내 잘못을 몰라서
사람들에게 인정 못 받는 것이 더 무서운 일이다**

6교시 때 방학 과제물 전시회를 하였다.

나는 내 방학 과제물을 책상에 올려두고
『물레방아』 읽기를 하였다.

내가 너무 늦게 읽어서 친구들이 화를 냈다.

나도 화가 났지만
화를 내지 않아야 교실이 시끄럽지 않으니까
화를 내지 않고

"알겠어. 빨리 읽을게"라고 했다.

그래서 다행히 싸움이 일어나지 않아서
기분 좋게 끝이 난 것 같다.

앞으로도 내 마음대로 하지 않고
친구의 성격을 파악하여 학교생활을 할 것이다.
그래야 모두가 즐겁게 보낼 수 있기 때문이다.

초
등

**새로운
가치창조**

세상은
내가 하고 싶은 대로
잘 안되는 것 같다.

내가 원하는 걸 선택하면
오히려
원하지 않는 답이 온다.

그런데 결론은
내가 원하지 않는 답이 왔을 때
그걸 경험해 보면
그게 꼭 나쁜 것만도 아니다.

우리는 순간순간 자신이 좋아하는 것,
편안해하는 것을 유지하려고 한다.

하지만
내가 원하는 것,
좋아하는 것이 되지 않는 것은
나에게 다양한 것을 배우라는 의미인 것 같다.

앞으로는
내가 뭐가 좋다고 선택하는
수고를 하지 말고

주어진 대로
편안히 하려는 마음을 가지면
어떤 상황에도 편안하게 있을 것 같다.

다만,
어떤 상황이 닥쳤을 때
어떻게 해야 하는가를
생각하면

내가 원하지 않는 사람이 왔을 때도
어떻게 해야 할지 알게 되고

친구가 한 명 더
생긴다고 할 수도 있다.

편안한 것 너무 좋아하지 마라,
안 편한 것도 적응이 되면 더 편안해진다

학교에서 현장 체험 학습 때
함께할 조와 짝을 정했다.

지난번 수학여행 때는
멀미가 날 것 같아서 앞자리로 가다 보니
어쩔 수 없이 수겸이와 앉아 갔다.

그런데 이번에 현장 체험 학습을 갈 때는
혜린이와 앉고 싶었다.

그런데 가위바위보에서 졌다.
그래서 다시 수겸이와 앉게 되었다.

'내가 수학여행 때 혜린이와 못 앉았으니
이번에는
혜린이 옆에 앉아야 해'라는
잘못된 입력을 버리고,

'다른 친구도
혜린이 옆에 앉을 수 있어.

오늘은 여기서 멈추자'라고
바른 입력으로 바꾸어

혜린이와 못 앉은 것을 인정하고
수겸이와 앉아서 가는 것으로
마음을 바꾸었다.

앞으로도 나는
나에게 잘못된 입력이 있다면

그것을 빨리 없애서
상황에 필요한
입력으로 바꾸어서
출력할 것이다.

그래야 편안하게 생활할 수 있기 때문이다.

초
등

제1장. 긴장과 딜레마 조정

143

**새로운
가치창조**

우리는 무엇이든지
알려고 하면 알 수 있으니

어떤 갈등이나 문제가 생겼을 때
그것을 해결하지 않고 그대로 두지 말고

또한 남이 무엇을 잘못했는가를 보지 말고

내가 무엇을 잘못하고 있는가를
커다란 돋보기로
자신을 크게 보아
자세히 관찰해야 한다.

그러면 어떤 문제가 와도
해결책이 나오는 행운을 얻게 된다.

 행운이 오는 법

아침에 무주와 다투었다.
무주가 나보고 꼴찌로 먹었다면서 놀렸다.

그래서 참지 못하고 무주를 때렸다.
이렇게 싸움이 벌어졌다.

내가 무엇을 잘못하였는지 알려고 생각을 해보았다.

놀리기는 무주가 먼저 했으나
때리기는 내가 먼저 했다.

동생이 놀렸다고
그것을 참지 못하고 화를 냈기 때문에
내가 그것에 대해 참을성이 없다는 것을 알게 되었다.

그래서 나는 참을성을 기르기 위해
아무리 놀리거나 때려도 참고,
왜 그러는지 물어볼 것이다.

그러면 왜 그랬는지를 알게 되고
서로 편안하게 잘 지낼 수 있기 때문이다.

새로운
가치창조

우리는 배우면서 성장하는데

남이 실수로
나에게 잘못된 행동을 했을 때

똑같이 행동을 하면은
나에게는 배움이 없고

더구나 동생이 하는 행동을
똑같이 하면
나는 동생만도
못한 사람이 된다.

동생의 잘못된 행동을 따라 하면
내가 동생만도 못한 사람이 되니
절대로 따라하지 말고 더 나은 행동을 보여줘야 한다

청소하는데, 청소기 줄이 엉켜서 풀다 보니
실수로
청소기를 동생 머리 위로 했는데
동생의 머리를 쳤는지,

동생이
"연오 언니 왜 그러는데" 소리를 지르며
종이컵을 던져 내 얼굴을 쳤다.

한 대 때리고 싶었지만 참았다.
왜냐하면 엄마의 말씀이 생각났기 때문이다.

엄마는 동생이 때릴 때
내가 똑같이 때리면
똑같은 죄를 지은 것이나 마찬가지가 된다고 하셨다.

그래서 상대가 먼저 시작하면
나도 똑같이 해야 한다는 생각, 그 고집을 내려놓고
청소기를 마저 돌렸다.

만약 옛날의 나처럼 똑같이 행동했으면 어떻게 됐을까?
그랬으면 아직 그 버릇 못 고쳤을 것이다.

새로운
가치창조

돌발 상황이 벌어질 때
나도 그와 똑같이 하면
싸움은 계속 이어진다.

그러면 끝도 없이
이어질 것이고

내가 이 싸움을 그만두려고 하면
내가 먼저 멈추면 된다.

결론적으로
내가 멈추니까
그다음이 이어지지 않았다.

내가 그만두면
다음에 일어날 일을 걱정하지 않아도 되니
이 방법이 참 좋은 것 같다.

왜냐하면 복수를 걱정할 일이 없어지니까….

걱정 없이 사는 법

박영준이 내 필통을 일부러 가져갔다.
그래서
나도 박영준의 안경을 가져왔다.

하지만 이런 상황에서

'그냥 내가 그만두자'라는
지혜를 꺼내어
박영준의 가방에 안경을 넣었다.

왜 그만두었냐면
내가 그만두면 박영준도 그만두니까
내가 그 안경을 박영준의 가방 안에 넣었다.
그래서 박영준이 내 필통을 주었다.

만약 '내가 그만두자'라는 지혜를 안 썼더라면
때리고, 욕도 했을 것인데
방법을 찾아내 해결해서 좋았다.

또한 나는 발원도 이루어 냈다.
내가 한 발원이 남자애들 때리지 않기이기 때문이다.

**새로운
가치창조**

싸우고 싶고,
누군가를 분별하고
시비하여 맞대응하고 싶을 때

화를 내지 말고,
먼저 상대가 왜 그러는가를
한번 생각해 보고

'서로가 어떻게 하면
더 좋을 수 있는가?'를 생각하면
서로 좋게 되는
방법이 나온다는 것을 알았다.

그리고
우리가 살아가는 데 있어
내 생각만 하고
나만 좋아지게 하는 것보다
남을 보살펴 주고
양보하는 게
기분이 더 좋아진다는 것을
알았다.

제2부. 변화적 역량

기분이 더 좋아지는 법

어제 할머니 댁에 갔었는데 막냇동생과 싸웠다.
할머니 댁에서 어떤 운동 기구가 있는데 내가 먼저 타고 있었다.
나는 그때 막냇동생을 때리고 싶었다.

왜냐하면 옆에서 쫑알거리고 못 하게 막았기 때문이다.

그렇지만
막냇동생과 다투는 것보다 잘 지내고 싶은 마음을 내자
시비하고 때리고 싶은 마음이 멈추어졌다.

나는 생각했다.
막냇동생 입장에서는 '내가 많이 탔으니까
자기도 타고 싶은 마음이 들었겠구나!'

내가 명색이 언니로서
동생이 타고 싶으면 양보도 해주고
동생을 보살펴서 동생을 재밌게 해줘야 하는데

나는 내 생각만 하고
그렇게 하면 언니의 자격이 없다는 생각이 들었다.

이렇게 생각하고 막냇동생에게 양보하니
나도 기분이 좋고 동생도 기분이 좋아졌다.

오늘은 정말 자유의 날이다.

새로운
가치창조

나는
무언가를 처음 시작할 때
많이 어려웠다.

왜 그런지 관찰을 해보니
나는 무엇이든지 무조건 빨리하려고 했다.

그런데 처음에는
잘 모르는 것이니까
당연히 빨리할 수가 없는 것인데

빨리하려고 하니
일이 꼬여서 더 어려웠다.

그러므로
처음 하는 일은
빨리해야 한다는 생각을 놓고
천천히 살펴서 하고

그리고
자꾸 하다 보면
실력도 늘고 빨리할 수 있다는 것도 알게 되었다.

관찰을 통해 나를 알기

여원이와 할리갈리를 했는데
처음엔 어려웠다.

그런데
할리갈리는 즐겁게 하는 것이기 때문에
잘 관찰하고 5개일 때 '딱' 쳤다.

그래서 잘됐다.

이제 나는 관찰을 하면
오랜만에
하는 것이든
처음 하는 것이든
다 잘할 수 있다는 것을 알아 좋았다.

관찰을 해서 하니
실력도 늘고 재미있었다.

새로운
가치창조

문제가 발생했을 때
그 사건 그 상황만 갖고 좁게 보면
문제의 본질을 놓치게 된다.

사실 동생들은 「신과 함께」가 좋고
나는 무섭기 때문에 싫다.
그래서
서로 볼 수 있는 게 다르다.

사실 냉정히 따지자면
동생들은 둘이고
나는 하나이고 또 나만 무서워하니까
내가 다른 쪽에 가서 봐도 되는데

그 생각은 안 하고
굳이 '지네들 보고 싶은 것 실컷 봤으면서…'
이런 오해를 한 것 같다.

그러나 가만히 보니까
게네들이 잘못한 것이 아니라

내가 명색이 최고 언니이면서
동생들도 즐겁고 서로를 좋게 하는
지혜를 생각하지 못한 것 같다.

우리는
그 사건, 상황에만 매이지 말고
어떻게 하면 서로가 좋게 할 수 있는가를
생각한다면
서로에게 다 이익 되게 할 수 있을 것 같다.

서로에게 이익이 되는 삶

할머니 댁에서 TV를 보는데
동생들은 「신과 함께」를 보고 싶어 했다.

그런데 나는 싫다.
무섭기 때문이다.

그래서 나는 「아는 형님」을 보고 싶어서
「아는 형님」을 틀었는데
김여원이 왜 틀었냐면서
또 「신과 함께」를 틀었다.

나는 처음에
이런 생각이 들었다.

'지네들이 보고 싶은 거
실컷 봤으면서

내가 고르는 건
못 보게 하네.
저런 인간 처음이다'라는

생각이 들었다.

하지만
동생들이 보고 싶어 하면
보게 하고

내가
다른 곳으로 이동하면
된다는 생각이 들었다.

그래서
시비하는 마음이
없어져서 좋았다.

새로운
가치창조

나는 문제를 풀고 채점을 할 때 답이 틀려서
선생님께 혼날까 봐 두려움이 있었는데

가만히 생각해 보니까
선생님께서는 나를 혼내려고 하신 것이 아니라
학생이니까

내가 알아야 될 것을 알아야 하니까
선생님은 '내가 알고 있는가?', '모르는가?'를
점검하는 것인데
내가 쓸데없이 혼날까 봐 걱정을 했다.

사실 점검해서 모르는 것은
내가 다시 공부해서 알아야 하는 것이다.

그러니 선생님이 채점할 때
불안해할 필요가 없다는 것이다.

앞으로
선생님이 점검해 주실 때
두려워하지 않고
선생님의 수고에 감사해야겠다.

선생님은 혼내는 사람이 아니라
내가 사회에 나가서 제대로 살 수 있게끔
제대로 안내를 하는 감사한 분이다

공부방에서 내가 문제를 풀고
채점을 하고 있었다.

그런데 '틀릴까? 맞을까?' 걱정이 되었다.

왜냐하면
틀리면 선생님께 혼날까 봐
두려운 마음이 있었기 때문이다.

하지만
이렇게 두려운 마음을
내려놓고

편안하게 매기니까
거의 다 맞을 수 있었다.

새로운 가치창조

때로는 '싫다'는 과거의 경험으로 인해
'무조건 싫다'는 생각을 할 수가 있다.

그런데 오늘 어쩔 수 없이
싫은 사람과 함께하다 보니
싫은 상황을 마주할 수밖에 없었다.

싫다는 것은 옛날의 일이었고
지금은 좋은 상황이 되었다.

사실 알고 보면 한번 싫었던 사람이
항상 싫은 것은 아닌 것 같다.

내가 좋은 사람을 만나고, 좋은 상황만 만들려고 하지만
그렇게 좋은 것만 오는 것이 아니라
오히려 반대 상황이 온다는 것을 알았다.

싫은 상황을 받아들여 보니 싫은 것도 아니었다.
그래서 싫은 사람이 싫은 사람이 아니라는 것을
배우라고 이런 상황이 온 것 같다.

앞으로 '좋다', '싫다' 하는 생각을 내려놓고
함께하면 즐겁게 살 것 같다.

제2부. 변화적 역량

싫은 사람이 싫은 사람이 아니다

6교시 때
띠앗을 만들어
짝짓기를 하였다.
나는 '여자였음 좋겠
다'라는 생각을 하였다.

그런데 남자였다.
3학년이자 공부방도 같이
다니는 박기현이었다.
나는 너무 싫었다.

하지만
같은 짝인 것도, 공부방도 같
이 다녀서 싫다는 생각을 소
멸하였다.

그랬더니
마음이
편해졌고,
인증샷을
찍을 때도
기현이가
멋진 포즈를
해서 제일 빨리
끝낼 수 있었다.

새로운
가치창조

여원이가 나를 놀리는 것은
놀리는 것이 아니라
자기처럼 연습을 많이 많이 해서
재밌게 타라고 하는 것이다.

그러기 때문에
여원이 말에 내가 기분 나빠 할 일도 아니다.

왜냐하면
내가 더 재밌게 타게 하기 위해서 하는 말이기
때문이다.

결론적으로
상대가 무슨 말을 하든
내 생각대로 이상하게 들을 것이 아니라
그 뜻을 잘 살펴서 배우면
오히려 재밌는 삶을 살 수 있을 것 같다.

남의 놀림을 나의 성장으로 바꾸기

우리 아파트 문 옆의
동그란 곳에서
내려갈 때
인라인스케이트를 탔다.

나는 그쪽에서
안 잡고는 못 타는데

여원이가 그것을 보고

"나는 안 잡고 탈 수 있는데
연오 언니는 손잡이 잡고 탄다!"
라면서 놀렸다.

그렇지만 그런 말을 듣고 곰곰이 생각해 봤다.

여원이는 많이 해봐서 경험이 있어서 잘한 것 같다.
그렇게 잘하니까 나처럼 타는 것보다 훨씬 재밌나 보다.

초
등

새로운
가치창조

다른 아이들이
이상한 행동을 한다고 생각했을 때도

일단 내 생각대로
예전처럼 급하게 뛰어들지 말고

'참을 인(認)' 자를 생각하며 참고
이상한 행동을 하는
아이들을 관찰하면

그들이 왜 그러는지를 알 수 있었고

그들이 나를 나쁘게 하려고 한 것이 아니라
나에게 관심이 있어 나하고 놀려고 한다는 것을 알았다.

그래서 그들에게 거칠게 안 하고

나의 마음을 유머 있고
재밌게 전달하면서
잘 지낼 수 있었다.

나에게 나쁘게 해도
나쁘다고 생각하지 않고
잘 관찰해 보면 그들의 진심을 알 수 있다

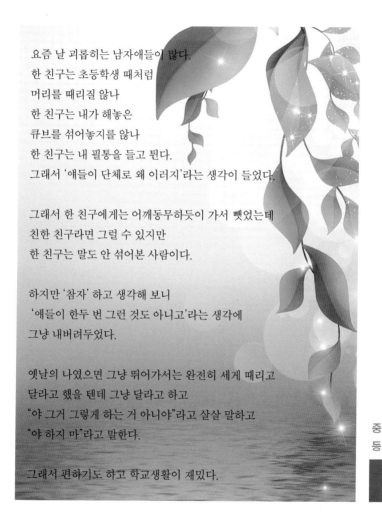

요즘 날 괴롭히는 남자애들이 많다.
한 친구는 초등학생 때처럼
머리를 때리질 않나
한 친구는 내가 해놓은
큐브를 섞어놓지를 않나
한 친구는 내 필통을 들고 튄다.
그래서 '애들이 단체로 왜 이러지'라는 생각이 들었다.

그래서 한 친구에게는 어깨동무하듯이 가서 뺏었는데
친한 친구라면 그럴 수 있지만
한 친구는 말도 안 섞어본 사람이다.

하지만 '참자' 하고 생각해 보니
'애들이 한두 번 그런 것도 아니고'라는 생각에
그냥 내버려두었다.

옛날의 나였으면 그냥 뛰어가서는 완전히 세게 때리고
달라고 했을 텐데 그냥 달라고 하고
"야 그거 그렇게 하는 거 아니야"라고 살살 말하고
"야 하지 마"라고 말한다.

그래서 편하기도 하고 학교생활이 재밌다.

중
등

제1장 · 긴장과 딜레마 조절

165

새로운
가치창조

사람은 각자마다
자기 뜻이 있어서
그 뜻에 따라서 무언가를 하는데

그것을 내 생각으로만
'맞다/틀리다' 하지 않고

있는 그대로
인정하고 봐주는 것이

편하게 살 수 있는
길이라는 것을
알 수 있었다.

다양한 삶 인정하기

Zoom으로 진로 선생님이 영상을 틀어주었다.

그 영상에는 고등학생 남자가
맨날 똑같은 범 같은 화장을 한다.

근데 처음에 '대체 왜 저러는 거지?
왜 저러고 돌아다니는 거지?'라는 생각을 했다.

생각해 보니 그것은 자신의 자유고,
그것을 그렇게 하는 게 행복하면 하는 것인데
내가 잘못된 생각을 했던 것 같다.

앞으로는 사람을 겉모습만 보고 판단하지 말고
사람의 마음을 봐야겠다.

이 일로 나를 되돌아보는 계기가 돼서 좋다.

새로운
가치창조

잘하려고 하니까
적을 것이 없다.
생각했는데

가만히 생각해 보니

무엇이 정답이라고
정해진 것이 없다는
생각이 들었고

결국
정답이 따로 없다고
생각하니

마음은 편안해졌고
편안해지니 친구들의 좋은 점들이
많이 생각났다.

그러니까
내가 잘하려고 하니

오히려
생각이 안 나고

'잘한다, 못한다'를
떠나니까
오히려
편안하게
생각이 나는 것 같다.

'정해진 답이 없다'는 것은
마음을 편안하게 하니
참 좋은 것 같다.

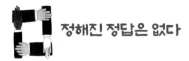

정해진 정답은 없다

선생님께서
크리스마스 카드에
친구들에게 하고 싶은 말을
쓰라고 하셨는데
진짜 쓸 말이 없었다.

하지만 선생님께서 적으라고 하셔서 생각을 해보았다.

'정해진 정답은 없으니
내 생각을 그대로 적으면 되겠다'라는 생각이 들었다.

쓸 말이 없어도
1년 동안 친구들을 본 것도 있으니
떠올려 보면서 그 친구의 좋은 점을
찾아 적었다.

그랬더니
친구들의 좋은 점이 잘 생각이 나서
빨리빨리 진행할 수 있었다.
정말 다행이다.

처음에는 빨리하라고
잔소리 폭풍이 일어났는데

이렇게 잘 생각해 보고 하니까
빨리 진행도 되고
하나둘씩 잔소리도 줄어들었다.

친구들의 좋은 점도
생각할 수 있는
좋은 계기가 되어서 즐거웠다.

다음에도
이런 시간이 주어졌으면 좋겠다.
좋은 추억이 될 수 있기 때문이다.

새로운
가치창조

힘들다고 생각했지만,
힘든 일 뒤에는
다시 즐거움이 온다는 것을 알았다.

앞으로 힘든 일이 있을 때
'지금은 힘들지만 좀 있으면
더 즐거울 거야' 하며 해야겠다.

힘든 일을 포기하면 손해다.
왜냐하면 그다음에 즐거움을 맛볼 수 없기 때문이다.

힘든 일을 포기하면 손해다

할머니와 동생들과 같이 산에 갔다.
오랜만에 산에 가서
여원이와 나는 먼저 앞장서서 갔다.

그런데 가다 보니까 다리는 힘 빠지고 힘들었다.

하지만 마음을 단단히 하여
힘들다는 생각을 이겨내어서
동생이 힘들지 않게 열심히 산을 올랐다.

산에 갔다가 또 운동장에 갔다.
줄넘기도 하고 박쥐도 하였다.

오늘은 즐거운 날이다.
왜냐하면 산도 가고
운동장에서 줄넘기, 박쥐 등을
하였기 때문이다.

초
등

새로운 가치창조

어떠한 상황에서도

하늘처럼
넓은 마음을 쓰면

모든 것이
다 재밌다.

우리 마음 안에 있는 마음을
크게 쓰든 작게 쓰든 자유다

제사 음식을 만들 때
나도 동그랑땡을
만들고 싶었다.

하지만
큰마음의 눈으로
살펴보니

새우튀김을 해도 동그랑땡을 해도
먹는 것은 같으니

내가 하는 것에 만족하고
동그랑땡과 새우튀김을
둘로 보지 않고

동그랑땡은
엄마랑 동생들이 만드니까
나는 새우튀김을 다 만들고

둘 다 아주 맛있게 먹었다.

마음에 화가 나도
둥글고 원만하게 해결할 수 있는 마음이
내 안에 있다고 생각하니
화나는 마음이 없어지고

그래서 화내는 마음으로
친구와 소통하지 않고
원만하고 둥근 마음으로 소통을 했더니
해결이 잘되었다.

전에는
내가 화가 나면 화나는 대로
즉 처음에 생각나는 대로
행동해 움직였는데

이번에는
얼른 크고 둥근 마음으로
좋게 해결해야 되겠다는 생각을 했다.

그랬더니 짜증이 사라지고
좋고 따스한 말로 타이르며 소통을 했다.

그러니까 사이도 안 나빠지고 사이가 좋아졌다.

앞으로도 분별해서 화나는 마음으로 소통하면
사이가 안 좋아질 수 있으니까

크고 둥근 마음으로 해결하려고
생각을 하고 말을 하면,
어떤 문제도 좋게 해결될 것이다.

내가 마음으로 예쁘게 말을 쓰니
상대도 예쁘게 반응했다

과학 시간에 지구본을 보면서
물이 있는 곳, 얼음이 있는 곳으로 분리를 하여
실험 관찰 책에 적어야 했다.

그런데 진근, 태우가
물이 많은 곳을 계속 자신의 방향으로 돌렸다.

그래서 나와 수검이는 얼음이 있는 곳을 살펴보고
실험 관찰 책에 다 적고도 한참을 기다렸다.

활동을 제대로 못 하게 되니 짜증이 나서 화를 내고 싶었지만,
이런 문제를 해결할 수 있는 마음의 거울이 있다고 생각해 보니
짜증 났던 마음이 사라졌다.

애들이 안 보여주려고 했던 것이 아니라 물이 많은 지역에 대
해 집중하여 이야기하는 중이라는 것을 알게 되었다.

그래서 진근이와 태우에게
"우리도 같은 모둠이니까 같이 좀 보자"라고 타이르니
"알았어" 하며
우리가 볼 수 있도록 지구본의 방향을 돌려주었다.

제2부. 변혁적 역량

다음에도 이런 일이 있을 땐
무조건 화를 내지 말고 말로 소통할 것이다.

화를 내지 않으면
친구의 마음이 상하지 않고 싸우지 않아 원만하게 해결할 수
있기 때문이다.

179

새로운
가치창조

보통은 사람들이
첫째를 먼저 챙기게 하고
둘째, 셋째 순으로 챙기는데

그러면 밑에서는 항상 안 좋은 것을 챙겨야 하니
마음이 불편할 것 같다.

첫째, 둘째, 셋째 다 마음이 좋아야 하는데

내가 첫째라고 먼저 갖고
동생들을 기분 안 좋게 하는 것은
잘못된 것 같아서

이번에는
동생도 최고의 선택을 할 수 있는
기회를 먼저 주니
동생의
기분이 좋아졌다.
이렇게 하고 보니
내가 좋은 것을 갖는 것도 좋지만

동생이 좋아하는 것을 보니
내 기분이
더 좋다는 것을 배웠다.

우리가 함께 살아가는 데 있어서
기분이 좋아지는 방법은 여러 가지인 것 같다.

그중에
나로 인해
동생이 좋아하는 것은
더 좋은 것 같다.

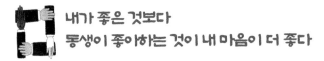

내가 좋은 것보다
동생이 좋아하는 것이 내 마음이 더 좋다

나는 새로운 물건이 들어오거나
좋은 것을 보면

내가 첫째니까
내가 먼저 가져야 한다는 생각을 하고 있었다.

몇 주 전에 새 옷이 왔는데
여원이랑 입고 싶은 옷이 겹쳤다.
내 옷장에 넣고 내 옷을 하고 싶었다.

하지만
여원이도 입고 싶을 것이라는 생각이 들었다.

그래서 해야 하는 것은 옷장 정리이고,
첫째라고 해서 꼭 먼저 써봐야 하고
좋은 것만 해야 하는 것이 아니니
여원이에게 입을 건지,

182

아니면 안 입을 건지 물어보고 했다.

그래서 각자 자기가 갖고 싶은 것을 이야기하면서
옷장을 정리했다.

만약 안 그랬으면
또 말싸움이 일어날 것인데 다행이다.

그리고 이렇게 하니 서로 편하고 좋았다.

중
등

새로운
가치창조

'이렇게 해야 해', '이게 옳아'
이런 고정된 생각에 갇히면

나도 힘들고
주변도
불편하게 만들게 되지만

고정된 내 생각을
내려놓으면

주변 상황이 보여
편안하고 자유롭게
움직일 수가 있다.

'이렇게 해야 해'라는 고정된 생각을 가지면 일이 잘 안된다

체육 시간에 배드민턴을 했다.

선생님께서 서브를 넣어주시면 배드민턴공을
받아내는 연습을 하는 것인데 공이 자꾸 떨어졌다.
나는 '무조건 쳐야 돼'라는 생각이 들었다.

하지만 '꼭 쳐야 돼'라는 고집을 없애고
치든 못 치든 내가 할 수 있는 만큼 했다.
그래서 왔다 갔다 하며 점프해서 치기도 했다.

나는 '꼭 날아오는 공은 내가 쳐내야 해'라는
고집을 두고 있었다.

하지만 못 쳐도 상관없고, 더 노력하면 되는 것이기 때문에
내 쪽으로 날아오는 것은 내가 치고
다른 쪽으로 날아가는 것은 그쪽에 있는 친구가 치고 그랬다.

체육 시간에 배드민턴을 해서 즐거웠고,
이 계기로 내가 꼭 다 쳐야 한다는
고정된 생각이 없어져서 좋았다.

제1장. 긴장과 딜레마 조정

새로운
가치창조

내 자신을 감독하여
분별하고 질투하는 마음을 없애니

마음이 맑아져서
다른 친구가 어떻게 하고 있는지
그 상황이 보였다.

그래서 내 마음이
분별이나 질투하는 마음이 없으면
세상이 투명하게 보인다는 것을 알게 되었다.

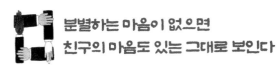
분별하는 마음이 없으면 친구의 마음도 있는 그대로 보인다

원래 오늘 자리를 바꿔야 하는데
연정훈이 안 와서 자리를 못 바꿨다.

정말 짜증 났다.

그러나
내가 세상을 똑바로 보려면,
분별이 없어야 하고
질투 등의 마음이 없어야 하므로

연정훈을 탓하지 않고
내가 친구의 마음을 살펴서 이해했더니,

가정체험학습을 하러 갔다는 사실을 알게 되었다.

나도 그런 적이 있어서 친구 탓을 하지 않았다.

그랬더니 시비함도 소멸하고,
화내고 싶은 마음도 없어져 즐겁게 수업에 임할 수 있었다.

초
등

새로운
가치창조

사람들은 먹는 것은 좋아하는데
치우는 것은 싫어한다.

그런데 가만히 보면
내가 맛있게 먹을 수 있게 만든 사람은
치우는 것보다 훨씬 힘이 들었을 거다.

내가 맛있게 먹고 힘이 나서 놀 수 있는 것은
더 큰 수고를 한 사람이 있어서인데

남을 수고시켜서 배불리 맛있게 먹은 것은
좋다 하고
치우는 조금의 수고는 싫어한다.

이 일을 통해 내 작은 수고로움보다는
맛있게 먹을 수 있게
더 큰 수고로움을 한 사람에
감사할 줄 알아야 한다는 것이다.

앞으로 나에게 주어진 일에
무조건 감사해야겠다.

남의 수고에는 감사할 줄 알고
내가 수고해야 할 일을 귀찮아해서는 안 된다

캠핑에서 점심을 다 먹고 놀고 싶었다.
그런데 치워야 해서 정말 귀찮았다.

하지만 지금 치우면
나중에 치우는 것보다 낫고

내가 안 치우면
서로가 짜증 내고 다툴 테니까
노는 것은 나중에 하고
치우는 것을 먼저 했다.

그래서 나중에 또 치워야 하는
번거로움이 생기지 않았다.

다음부터도 내가 하고 싶은 것만
고집하지 않고
같이 하는 것부터 해야겠다.

새로운
가치창조

어떤 고정된 생각에
잡혀 있으면

내가 지금 하는 일에
집중을 못 할 것이니

그런 생각에서
벗어나
내 할 일에 집중하여
해내어야 한다는 것을
알게 되었다.

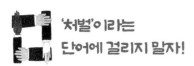

'처벌'이라는
단어에 걸리지 말자!

체육 시간에
여학생들과 선생님께서 만드신 스쿠프 게임을 했다.

술래 된 사람이 가운데 들어가서 주위에 둥글게 서서
공을 패스하는데 5초 이내로 패스를 해야 하며
그 시간 안에 잡아야 한다.

1분 안에 그 공을 잡아야 술래가 바뀌지만
못 잡으면 벌칙을 받는다.

벌칙은 남자애들 다섯 명한테 인사하기다.

나는 처음에 벌칙에 안 걸리려고 하였다.
그런데 그렇게 계속하다 보니 재미가 없었다.
그 이유는 '벌칙'이라는 단어 하나에
'걸리지 않아야 한다'는 고정된 생각을 하고 있었기 때문이다.

하지만 '벌칙에 두려움을 갖지 않고 해보자!
재미있게 하자!'라고 생각하였더니
벌칙에 대한 두려움이 떨어져 나가
신나게 할 수 있었다.

초
등

제1장. 긴장과 딜레마 조절

새로운
가치창조

누군가가 뭔가 필요로 하면
내가 거기에 도움을 줄 수 있을 때
도움을 줘야 한다.

왜냐하면
내가 줄 수 있을 때 도움을 주면

또 내가 필요로 할 때
누군가한테 나도 도움을 받을 것이기 때문이다.

이것이 함께 사는 세상이다.

함께 사는 세상

선택 과목 시간에
같이 앉는 친구가 눈이 안 좋은 친구였다.
그래서 평소에 내 필기를 보고 적는 경우가 대부분이다.

한번은 "안경 끼고 와라,
안경 새로 맞춰야 할 것 같다"라고 말했다.

이번에는 안경을 끼고 왔는데
자기 시력보다 낮은 안경이라 잘 보이지 않는다고 한다.
그래서 한마디 하고 싶었지만, 하지 않았다.

'어떻게 하는 것이 친구도 나도 좋을까?'라는 생각이 들었다.

생각해 보니 보여줘도 안 좋을 것도 없고, 서로 궁금하거나
잘 모르는 내용이면 알려주면 되겠다는 생각이 들었다.

그래서 그냥 보여주고, 수업에만 집중했다.
그리고 잘 안 보이는 것은 사진 찍어서 친구에게 보내줬다.

처음에는 '왜 불편하게 자꾸 내 것을 보는 거야?' 하고
친구를 시비하니 보여주기 싫었지만 생각해 보니 같은 수업
을 듣고 보여준다고 해서 문제 될 것도 없으니 그냥 보여줬다.

제2장

책임감 가지기

모둠활동 시간에
반 친구들 모두의 의견을 내어
가장 좋은 의견을 뽑기로 했을 때
내 의견이 채택되면

만일 내 의견을 내놓는 것이 불편하더라도
억지 부리지 않고
모둠활동의 규칙을 받아들여
인정해야 할 것이다

그게 책임감 있는 행동이라고 생각한다.
결국 내가 한 행동은
내가 책임져야 하는 것이다.

무엇이든 받아들이면
서로가 좋게 된다

국어 시간에 영상 만들기를 했다.
옛날에 있었던 일을 적었는데 내 것이 뽑혔다.
나는 내 이야기로 영상 찍기가 정말 싫었다.

그러나 영상을 만들어야 되기 때문에
그리고 내가 사건을 재미있게 잘 적어서 그런 것이라고 생각
하고 그냥 받아들였다.

처음에는 하기 싫어서 대충하려고 했지만
잘할 수 있는 나의 능력을 꺼내어 썼다.

그래서 처음보다 더 실감 나게 했다.
천만다행이다.
처음처럼 했으면 아주 큰 일이 나기 때문이다.

다음에도 내 이야기가 뽑히더라도 이미 뽑기로 했으니까
억지 부리지 말고
책임감 있게 잘 받아들여
실천해야 할 것이다.

중
등

새로운
가치창조

내가 내 할 일을 책임 있게 하면
선생님께 칭찬도 받고

다른 아이들이 "휴대폰 함 좀 열어줘" 하는
수고를 안 해도 되게 함으로써
내가 내 할 일을 책임 있게 해서 뿌듯함을 느꼈다.

그것으로 인해 반대로
전에 내가 책임 있게 일을 안 해서
선생님을 신경 쓰이게 했고
다른 친구들도 수고롭게 했다는 것을 알았다.

그런 나의 행동이 무책임한 행동임을 깨달았다.

그러니까
내가 그들보고
열어달라고 하게 하고
선생님도
신경 쓰이게 하는
무책임한 행동을
했다는 것을 깨달았다.

나 하나 책임감 있게 일하면 주변이 다 편하다는 것을 알았다

나는 지난번에는
친구들이 "휴대폰 부장. 휴대폰 함 좀 열어줘"라고

친구들이 말한 뒤에야 선생님께 열쇠를 받아
휴대폰 함을 열어주었다.

이렇게 하니까 하교 시간이 늦어지고 친구들도 기다려야 했다.

그래서 이번에는
알림장을 쓰고 나면 친구들이 휴대폰을 받아갈 때이기 때문에
알림장 쓰는 것이 끝날 때쯤
선생님께 열쇠를 받아서 미리 휴대폰 함을 열어놨다.

나는 휴대폰 부장으로서 책임감을 가지고
친구들의 휴대폰을 잘 보관하고
편리하게 잘 가져갈 수 있도록 실천을 한 것 같아서
마음이 뿌듯하다.

내가 스스로 내 할 일을 챙겨서
내 스스로 책임감 있게 한 것이 최고인 것 같다.

그리고 선생님께서
"잘 챙기네"하시며 칭찬을 하셨다.

새로운
가치창조

우리는 어떨 때 자기 책임을 회피한다.

내가 청소를 해야 할 때 아빠가 대신하니
'내가 안 해도 되겠지'라고 생각한 것이다.

나는 책임 없는 사람이 될 것이고
사회에 나가서도
다른 사람에게 일을 떠넘기는 사람이 된다.

다른 사람이 볼 때
나를 책임감이 없는 학생이라고,
신용 없는 사람이 되고
사회에서도,
나를 받아주지 않을 것이라는 생각이 들었다.

앞으로는
'내가 할 일은 내가 해야 한다'라는 생각으로
책임감 있게 해야겠다.

남이 내 일을 대신 해주는 것을
고맙게 생각할 것이 아니라
내가 책임감 없는 사람으로 될 수 있으니 정신 차려서
꼭 내 할 일은 내가 챙겨서 해야겠다.

인정받는 사람 되기

원래 내가 청소기를 돌려야 하는데
아빠가 돌리고 계셨다.
그래서 그냥 두고 있으려고 했다.

그런데 엄마가 "연오가 해야 한다"라고 말씀하셔서
내가 했다.

나는 이때 '내 차례 때 안 했다고 이렇게까지 해야 하나?
'라는 생각을 하고 있었다.

하지만 그 생각을 지우고

'내가 해야 하는 것은 내가 하고 제때 하자'
라는 생각으로 바꿔 청소기를 돌렸다.

만약 그 생각을 안 했더라면
엄마에게 혼나고 기분 나빠서 짜증 내면서 했을 것이다.

다음부터도 내가 할 일은 빨리빨리 하고 미루지 않아야겠다.

그렇지 않으면 하루만 하면 될 것을
이번 주처럼 일주일 내도록 할 수 있기 때문이다.

새로운
가치창조

우리가 함께 공부하고
함께 생활할 때는
서로 우리 모두에게 이익이 되게 해야 하므로

옆에서 함께 공부하는 것을
방해하는 경우

내가 말하면
욕을 먹거나 귀찮아서

우리가 모두
안 좋은 상황으로 가는 것을 내버려두는 것은
사회성이 없다고 생각한다.

대신 상대가 기분 나쁘지 않게
상대가 잘 이해할 수 있도록
이야기하는 게 현명하다고 생각한다.

202

우리는 함께 산다

수업을 듣고 있는데
아윤이랑 시연이가 계속 들락거려서 되게 신경 쓰였다.

왜냐하면 수업을 듣는데
계속 문 닫고 여는 소리 때문에 시끄러웠기 때문이다.

이때 모두를 이익 되게 하는 것은
꼭 필요할 때만 나가라고 이야기하는 것이었다.

그래서 가까이 있는 아윤이에게
꼭 필요할 때 나가라고 이야기했다.

그래서 알았다고는 했는데
계속 그랬다.

그래도 그렇게라도 말해서 다행이라고 생각한다.

안 그랬으면 더 시끄러워질 테니까 말이다.

내 안에
잘할 수 있는 능력이 있어서
'할 수 있다' 생각하고 꺼내 쓰니
할 수 있게 된다는 것을 알았다.

그러므로
잘할 수 있다고
으스대지 말고
제대로 아는 것이 중요하니
할 수 있는 능력을 꺼내
꾸준히 활용하는 것이 중요하다.

할 수 있는 능력이 있는데도
할 수 있다고 잘난 체하고
안 해보면 아무 소용 없다.

금광에 '금'이 있다고 해서 추출해서 '보석'으로 쓰지 않으면 무슨 소용이 있는가?

아빠랑 수학 공부를 했다.
나는 처음부터 잘할 수 있다는 생각이 들었다.

그런데 풀다 보니 내가 틀린 것이 있었다.
그래서 다시 풀어보았다.
내가 잘 읽어보지 않아서 생긴 일이었다.

하지만 내 안에는 할 수 있는 능력이 있으니까 잘할 수
있다고 으스대지 않고 다시 풀어보았다. 그래서 맞췄다.

사실 나는 못하는 것들이 너무나도 많은데
한 번 잘했다고 잘난 체하면 큰일 날 것 같았다.

그리고 좀 틀리고 이해를 못 했지만
그래도 내가 할 수 있는 데까지 했다.

다음에도 이런 일이 있을 때 내 안에
할 수 있는 능력을 꺼내어 써볼 것이다.
그래야 내가 더 성장해질 테니 말이다.

새로운
가치창조

어떤 일이 있을 때
할 수 없다고 안 해버리면
내 안에 할 수 있는 힘이 있는지 없는지 모른다.

그런데 해보니까 할 수 있는 힘이 내 안에서 나왔다.
그래서 할 수 있는 힘이 내 안에 있다는 것을 알았다.

우리는 어떤 상황이 닥쳤을 때
해보지 않으면 할 수 있는지 없는지 모른다.

그러므로 주어진 일을 해보지도 않아서
내 안에 힘이 있는지 없는지 알아보지 않으면
내 안에 힘이 있어도 아무 소용이 없다.

그래서 바깥에서 주어진 일을 다 해봄으로써
내 안에 있는 힘을 다 찾아내 안에 있는 재산을 다 찾아
놔야겠다.

나의 재산 찾기

체육 시간에 발야구를 하였는데 난 싫었다.
왜냐하면 나는 공도 잘 못 차고, 잡는 것조차 못해서 친구들
에게 피해를 줄까 봐 나서지 않았다.

하지만 나는 체육 시간에
어떤 것이든 해보려는 마음이 있어서
내 안에 있는 능력을 활용해서 못 한다는 마음을 회복해서
내가 할 수 있는 날리기를 잘할 수 있었다.

그래서 결국 우리 팀이 이기게 되었다.
할 수 있는 힘은 본래 있으니 하려고 하는 마음이 있어야
할 수 있을 것 같다.

앞으로 나는 내가 할 수 있는 일에는
해낼 수 있도록 할 것이다.

할 수 있는 것을 안 해버리면
그것은 안 하는 것이 아니라
못하는 것이 되어버릴 수 있기 때문이다.

"엄마! 왜 매일 제 마음만 바꿔야 해요"

"왜, 억울해"

"그런 생각이 들 때도 있어요"

"네가 한 건 모두 네 것이야. 너를 훌륭하게 만들 생각을 해야지, 왜 남을 훌륭하게 하려고 해"라고 일침을 가하셨던 엄마의 말씀처럼 결국 상황에 맞게 제 마음을 바꿨을 때 가장 좋은 사람은 나 자신이었습니다. 일상에서 일어나는 일들을 마음 관찰 일기를 쓰면서 그 과정에서 나 자신과 소통하는 법, 친구와의 관계 등 나와 연결된 내 주변 환경과는 어떻게 관계해야 하는지 알아가게 되었습니다.

생활하면서 일어나는 나와 관련된 삶의 환경(부모님, 선생님, 동생들, 친구, 학업과 관계 등) 속에서 환경이 주체가 아니라 내가 환경의 주체가 되어 주인 된 마음으로 나와 관련된 상황을 내가 중심이 되어 해결하며 그 속에서 행위 주체성이 길러졌고, 내 마음을 보고 내 마음을 상황에 맞게 바꿔 써가니 변화무쌍한 환경 속에서도 갈등 해소 능력, 책임감 등이 길러지며 그 결과 생활의 지혜가 터득되니 모르는 상황, 문제가 와도 두려움보다는 '나와 상대 모두 함께 잘 살아가려면 지금 내가 어떻게 해야 할까?' 그렇게 하나의 정답이 아닌 상황에 맞는 방법을 모색하게 됩니다. 이렇게 주어진 상황을 해결하며 상황이 발생할 수밖에 없었던 원인도 알게 되고 문제를 통해 그런 상황이 발생하지 않을 수 있는 지혜도 터득하게 되었습니다. 상황을 바꾸려고 애쓰지 않고 제 마음을 상황에 맞게 바꾸니 나와 주변이 원만하게 돌아가는 것을 볼 때 이 방법은 최소의 비용으로 최대의 효과를 누릴 수 있는 삶의 보물입니다.

고등학교 3학년이 된 지금 역시 저는 일주일에 한 번은 꼭 마음 관찰 일기를 씁니다. 해야 할 공부량이 많고 수행평가 등도 있다 보니 힘들다는 생각도 들고 그럴 때 지치기도 합니다. 그러나 대한민국 인문계 고등학생으로서 당연히 거쳐야 하는 과정이니 받아들일 수밖에 없습니다.

수행평가가 아무리 많고 어렵다 해도 해내야 하는 상황이니 '어려워도 해낼 수 있다'라고 상황에 맞게 내 마음을 바꾸니 어떻게 해야 할지 해낼 수 있는 방법을 찾게 되고 그렇게 하다 보니 그런 하나하나의 과정들이 마무리됨을 알 수 있었습니다. 이 과정에서 스스로가 주체가 되어 살아가는 것은 해야 하는 것을 해내려고 노력하고 현재 내가 할 수 있는 만큼이 아니라 주어진 대로 받아들여 해내려고 할 때 할 수 있는 방법도 나오고 그 결과 나의 역량도 커지게 되어 미래에 스스로를 책임질 수 있는 자질도 갖추게 됨을 알 수 있습니다.

스스로에게 주어진 일을 해내면서 보이지 않는 내면에는 무궁무진한 능력이 있다는 것을 스스로 증명받게 되고 그러니 저의 이런 일상이 저 자신을 길러내는 소중한 터전이라고 생각합니다.

여러분들께서 이 책을 통해 일상생활을 하며 성장을 어떻게 이루어 내는가를 관찰하면 일어나는 자신의 마음을 버리지 않고 관찰하여 모두가 함께 좋아질 수 있는 방향으로 마음을 쓰게 되어 여러분의 삶이 '웰빙'이 될 거로 생각합니다.

앞으로 다가올 복잡다단하고 변화무쌍한 2030 시대에 사회의 주인공이 될 여러분!!

이 책을 통해 자기 마음을 보고 자기 마음을 상황에 맞게 바꿔 활용하여 어떤 상황이 와도 행위의 주체로서 '개인과 사회의 웰빙'을 함께 이루어 내시는 데 조금이나마 도움이 되셨으면 하는 마음으로 이 책을 엮어보았습니다.

감사합니다.

감사할 줄 알고
서로 격려하는 우리 가족

어머니께서 창원교육지원청으로부터 '모범 어머니 감사장'을
받으셨습니다.

어머니와 아버지께서는
평소 어머니와 아버지를 도와 저희들을 보살피시고 저희 가
족이 행복하게 살아갈 수 있도록 큰 울타리가 되어 주시는 할
머니의 큰 사랑에 보답하고자 그 감사함을 '감사패'에 담아
할머니께 전달하셨습니다.

또한 어머니께서는 감사장은 학부모로서 아빠와 엄마가 함께
받아야 하는 상인데 엄마가 대표로 받았으니 어버이날을 맞
아 너희들이 마음을 모아 그 감사함을 아버지께도 전하는 게
어떠냐고 제안하셔서 평소 아버지께서 저희를 대하는 마음을
감사장에 담아 동생들과 함께 준비해서 전달했습니다.

할머니

| 子: 金兌憲, 子婦: 金東順

감 사 패

어머니께서는 저희가 험난한 세상에 나가서도 잘 살아갈 수 있도록
언제나 사랑으로 품어주시고 설사 잘못하더라도 항상 저희 편이 되
어 큰 버팀목이 되어주시니 세상을 살아가는데 두렵지 않습니다. 또
한 저희들이 자식을 키우면서도 그 힘을 아이들에게도 발휘하니 아
이들 또한 언제 어디서나 어떠한 문제도 원만하고 지혜롭게 해결하
여 어머니처럼 덕과 지혜가 충만한 사람으로 칭송받게 되었습니다.
이 모든 것이 어머니의 공덕임을 잊지 않고자 어버이날을 맞이하여
어머니께 깊은 감사의 마음을 표합니다.

어머니를 존경하고 사랑하는 子: 金兌憲, 子婦: 金東順

할머니

| 할머니 감사패 전달식

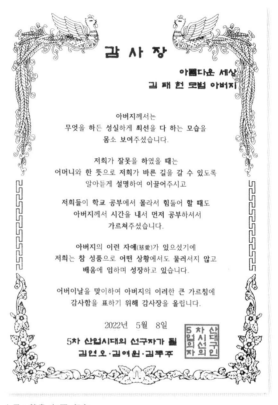

감 사 장

아름다운 세상
김 태 현 모범 아버지

아버지께서는
무엇을 하든 성실하게 최선을 다 하는 모습을
몸소 보여주셨습니다.

저희가 잘못을 하였을 때는
어머니와 한 뜻으로 저희가 바른 길을 갈 수 있도록
알아듣게 설명하여 이끌어주시고

저희들이 학교 공부에서 몰라서 힘들어 할 때도
아버지께서 시간을 내서 먼저 공부하셔서
가르쳐주셨습니다.

아버지의 이런 자예(慈愛)가 있으셨기에
저희는 참 성품으로 어떤 상황에서도 물러서지 않고
배움에 임하며 성장하고 있습니다.

어버이날을 맞이하여 아버지의 이러한 큰 가르침에
감사함을 표하기 위해 감사장을 올립니다.

2022년 5월 8일
5차 산업시대의 선구자가 될
김연오·김여원·김무주

아
빠

子 : 然奧, 如原, 無主

제 2022-54 호

감 사 장

모범어머니   양곡초등학교
                   김 동 순

귀하는 자녀와 학생을 사랑하는 마음으로
학교가 중심이 되는 창원교육과 학교
발전에 기여하여 다른 사람의 귀감이
되었으므로 그 공적을 기려 감사장을
드립니다.

2022년 5월 8일

경상남도창원교육지원청교육장 이 상

엄마

| 창원교육지원청의 감사장

우리 가족 이모저모

설날세배

| 할머니 댁_세배

어버이날

| 할머니 댁_인간 화환

사랑하는 큰딸에게

이렇게 편지를 쓰는것은 처음인것 같구나
모든 일들을 가장먼저 적게 해주는 연오야
드디어 졸업을 하게 되었구나!
졸업이 끝이 아니고, 또 다른 시작이라는 것을
알았으면 좋겠구나.
초등학교를 졸업하고, 중학교 거쳐 졸업을 하니
이제는 고등학생 이구나!
학생때 얻은것을 배워놓아야 사회나가서 생활
하기가 조금은 나을거라 생각한다.
공부가 인생의 전부는 아니지만, 우리는 평생 배우며
살아가야 하니, 삶의 과정이라 받아들이면 좋을것
같구나! 항상 배운 자세로 살다보면 스스로에게
많은 도움이 될꺼야. 이제 고등학교 가면 새로운
친구들과 선생님을 만나겠지!
어렵게 생각하지 말고 그때 그때 상황을 잘 받아
들이면 적응하기 쉬운거야. 우리 연오 화이팅!

연오를 사랑하는 아빠가!

사랑하는 연오에게
고등학생이 된 걸 축하한다. ^^

 엄마. 아빠의 첫째로 와서 항상 함께
처음들을 경험하게 되는구나!

 연오가 고등학생이 된다고 하니 엄마가
갑자기 나이를 많이 먹은 것 같아.
그만큼 고등학생 자녀를 둔 입장에서 보면
자식을 떠나보내야 할 날이 얼마 남지 않
았기 때문인가 봐.

 엄마도 첫째가 아니라 막내여서 연오의
입장을 온전히 헤아리지 못한 적이 많았을텐데
그럼에도 불구하고 큰 딸로서. 두 동생의 만언니로서
언제나 티 안나고 묵묵하게 할 일을 다해 온 연오
에게 고맙다는 말을 하고 싶구나! 우리 면나는
자기 개인의 이익이나 끌거움 보다 사람들과의
관계속에서 즐거움을 더 느꼈던 것 같아.

그래서 연오랑 함께 있으면 편안하면서도
든든했어. 마음으로 편안하지 의지가 됐던것 같아.

아마도 연오가 상황에 맞게 연오의 마음을
바꿔써서 그렇지 싶다.

엄마는 이런 성품을 가진 연오여서
고등학교 생활도 즐겁게 잘 해낼거라 믿는다.

봄이면 학교주변이 온통 벚꽃으로 뒤덮히는
진해여고의 교정에서 너의 여고시절도 그렇게
아름답게 만들어나가길 응원할게.

언제나 니가 있는 그 자리를 주인으로서
너도, 너의 주변환경도 함께 좋게 만들어
나가는 사람이 되거라.
          "김 연 오 화이팅"

                    2022. 2. 12
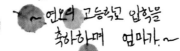   ~연오의 고등학교 입학을
              축하하며   엄마가.~

연오의 고등학교 입학 축하 편지

To. 연오언니에게
안녕! 난 언니의 첫째동생 여원이야.
먼저 졸업축하해. 중학교 3년동안 수고했어.
언니랑 같이 학교다녔을 때 좋았는데 이제 벌써 고등학생
이 되어 고등학교에 입학한다니
많이 아쉽네... ㅠㅠ
고등학교는 중학교보다 공부량라 해
야할것들이 훨씬 많겠지만, 많이
힘들어도 계속 노력하면 좋은 성과가 있을거고 점점성장하
면서 스스로 발전할거니까 끝까지 최선을 다했으면 좋겠어.
말로 안해도 계속 응원하고 있을게. 그리고 인문계 고등
학교는 대학을 가기위해 준비단계라고 생각해. 그니까
공부하면서 언니의 진로도 잘 생각해보고 결정해서 열심히
하면 언니가 원하는 꿈을 이룰 수 있을거야. 이렇게 진로를
정하는 가장 중요한 시기인 만큼 꼭 열심히해서 성과를
얻길바래고등학교 생활이 꿈을 찾는 뜻깊은 시간이 되었으면 좋겠다.
화이팅!!
-언니의 첫째동생
여원이가 -

TO.연오언니

연오언니! 안녕~ 나 무주야!
언니가 벌써 중딩 탈출 이라니! ㄸㄸ
정 말 축하해! 언니 졸업을 기념?
해서 선물도 준비했어. 아마도
좋아 할꺼야. ㅋㅋ. 다시한번 졸업
축하하고, 공부 열심히 해~ㅋㅋ
-막내동생 귀요미 무주쩜~
2022. 02. 12. ♡♡♡

수상 내역 및 소감

개 근 상

제 489호

이름 김 연 오

2006 년 1 월 26 일생

위 어린이는 우리샛별어린이집 에서 1 년 동안 성실하게 개근하였으므로 이 상장을 수여 합니다.

2013 년 2 월 15 일

샛 별 어린이집 원장 장 명 옥

나는 하기로 한 일에 대해선 잘하든 못하든
꾸준하게 지속적으로 하는 아이였다.
어린이집을 다닐 때부터 고등학교까지
거의 결석하지 않은 성실한 학생이다.

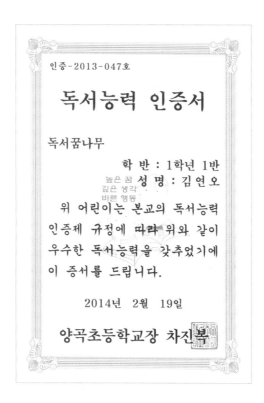

인증-2013-047호

독서능력 인증서

독서꿈나무

학 반 : 1학년 1반
성 명 : 김연오
위 어린이는 본교의 독서능력
인증제 규정에 따라 위와 같이
우수한 독서능력을 갖추었기에
이 증서를 드립니다.

2014년 2월 19일

양곡초등학교장 차진복

나는 정해진 규칙을 잘 지킨다.
1학년 때 독서능력을 키우기 위해 학교 지침으로
책 읽기를 권장했었다. 그로 인해 나는 많은 책들을 읽어
'독서 꿈나무'로 독서능력을 인정받았다.

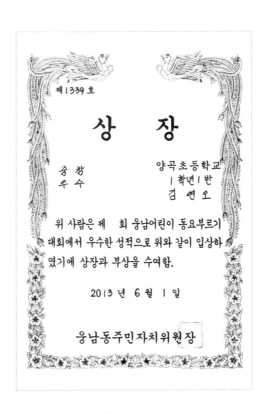

제1339호

상 장

중창
우수

양곡초등학교
1학년1반
김 연 오

위 사람은 제   회 웅남어린이 동요부르기
대회에서 우수한 성적으로 위와 같이 입상하
였기에 상장과 부상을 수여함.

2013년 6월 1일

웅남동주민자치위원장

어릴 때부터 노래 부르는 것을 좋아했었다.
유치원 때 재롱 발표회 이후 이렇게 많은 사람들 앞에 서서
노래 부르기는 처음이다. 초등학교 2학년 때 친구의 권유로 함께
나갔던 동요 부르기 대회에서 중창 부문에서 '우수상'을 받았다.
중창은 각자의 소리를 조율하여 하나의 멋진 화음을 만들어 내는
작업이다. '긴장 딜레마 조정'과 흡사하다.

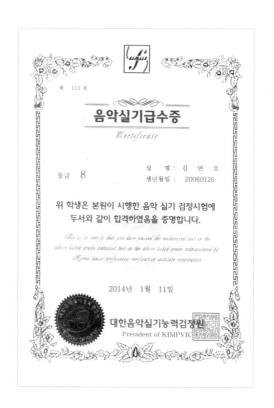

피아노 학원에 다닐 때 음악 실기 검정시험에 출전해서 받은
피아노 연주 급수증. 시험은 평가를 통해 등수를 매기기 위해 있는 것이
아니라 내게 주어진 일을 완벽하게 알아가도록 만들어 놓은
제도 같다. 왜냐하면 시험이니까 열심히 준비하게 되니 말이다.
'학생 행위 주체성'으로 배움에 있어 조금 더 열심히 하려는
내 노력의 흔적이다.

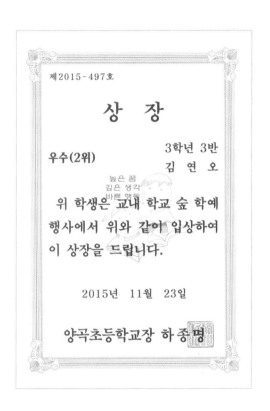

제2015-497호

상 장

우수(2위)

3학년 3반
김 연 오

위 학생은 교내 학교 숲 학예
행사에서 위와 같이 입상하여
이 상장을 드립니다.

2015년 11월 23일

양곡초등학교장 하 종 명

초등학교 때 우리 학교는 '숲떠락 활동'을 했다. 주 1회 산에 가서
새 소리도 듣고, 풀꽃도 보고 쓰레기 줍기도 하며 숲과 친구 되어
소통하는 시간을 가졌다.
이렇게 숲과 소통하며 숲에 온 사람들이 치유되고 이런 소중한 숲을
아름답게 가꾸는 방법을 글로 표현해서 받게 된 상이다.
사람이 살아가는 데 있어 자연도 꼭 필요하므로 환경의 주인으로
어떻게 해야 하는지를 배울 기회였다.

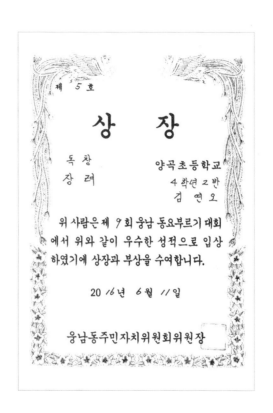

제 5 호

상 장

독 창
장 려

양곡초등학교
4 학년 2 반
김 연 오

위 사람은 제 9 회 웅남 동요부르기 대회
에서 위와 같이 우수한 성적으로 입상
하였기에 상장과 부상을 수여합니다.

20 16년 6 월 11 일

웅남동주민자치위원회위원장

이번엔 독창으로 나 자신과 조율하는 법을 배웠다.
혼자 사람들 앞에 서니 많이 떨렸다. 모두 나를 응원하는 사람들이라
생각하고 노래를 부르니 떨리는 마음을 이겨내어 편안하게 노래를
부를 수 있었다. 한 생각의 중요성을 알게 된 경험이었다.

제 27998 호

임 명 장

5학년 3반
김 연 오

위 학생을 1학기 학급봉사
위원으로 임명합니다.

2017년 3월 27일

양곡초등학교장 하 종 명

초등학교 때 남 앞에 나서기를 꺼렸었는데 엄마는 학교에서 하는
활동은 사회에 나가서 필요로 하는 부분을 익히는 연습의 장이니
학급 임원을 적극 권장하셨다. 이 속에서 다른 친구들과 조율하기 위해
마음을 어떻게 써야 하는지 전체를 이끌어 가는 큰 마음가짐도
배우라고 봉사위원 선거에 나가게 되었다. 봉사위원을 하면서
함께하기 위해 소통하는 법을 배우게 된 것 같다.
해보지 않았더라면 그 어려움을 알지 못했을 것이다.

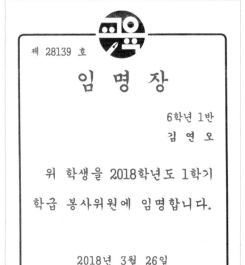

친구 추천으로 봉사위원 선거에 나가게 되었다.
봉사위원은 다른 친구들보다 솔선수범해야 한다고 생각해서
친구도 잘 도와주고 교내 활동도 최선을 다해 열심히 해냈던 것 같다.
봉사위원이 되어 예전보다 더 주체적으로 학교생활을 했던 한 해였다.

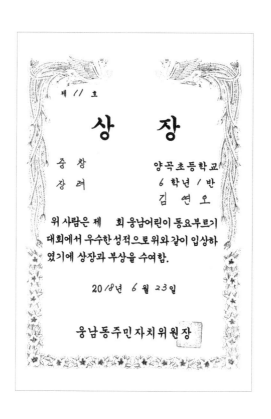

제 11 호

상 장

중 창
장 려

양곡초등학교
6 학년 1 반
김 연 오

위 사람은 제   회 웅남어린이 동요부르기
대회에서 우수한 성적으로위와 같이 입상하
였기에 상장과 부상을 수여함.

2018년 6 월 23일

웅남동주민자치위원장

그 시기에만 할 수 있는 일이 있다.
이번 해가 아니면 더 이상 출전 조건이 안 된다.
초등학교 시절 즐거운 마무리를 할 수 있었던
동요 부르기 대회. '중창 부문: 장려상'을 수상했다.

제2018-346호

상 장

100M달리기   6학년 1반
장려상(3위)   김 연 오

위 학생은 교내 육상대회에서
우수한 기량으로 위와 같이
입상하여 이 상장을 드립니다.

2018년 11월 5일

양곡초등학교장 하 종 명

나에게 주어진 일은 무엇이든 가리지 않고 최선을 다하면
좋은 결과를 얻게 된다. 달려야 하니까 최선을 다해 힘껏 달렸다.

제2018-347호

상 장

멀리뛰기   6학년 1반
최우수상(1위)   김 연 오

위 학생은 교내 육상대회에서
우수한 기량으로 위와 같이
입상하여 이 상장을 드립니다.

2018년 11월 5일

양곡초등학교장 하 종 명

....

힘껏 도움닫기를 해서 몸을 공중에 붕 띄우고 앞으로 숙였다.
나도 모르게 멀리 가 있었다. 계산하지 않고 지금 내가 하는 일에
집중하여 하다 보면 내가 가진 능력을 초월하여 좋은 결과를
얻게 되는 것 같다.

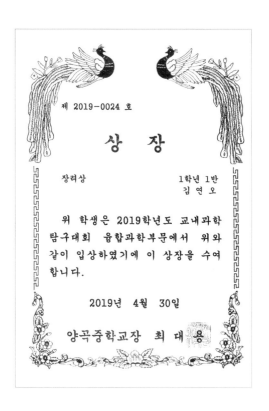

제 2019-0024 호

상 장

장려상

1학년 1반
김 연 오

위 학생은 2019학년도 교내과학 탐구대회 융합과학부문에서 위와 같이 입상하였기에 이 상장을 수여 합니다.

2019년 4월 30일

양곡중학교장 최 대 용

중학교에 들어가 처음 열렸던 '교내 과학의 날 행사'에서 친구와 함께
융합과학 파트에 지원하여 '시계 만들기'로 장려상을 받았다.
감기에 걸려 본의 아니게 친구를 힘들게 했었는데 이를 통해 사람은
자신도 모르게 피해를 줄 때도 있으니 나도 이런 상황일 때
피해받았다 생각 않고 묵묵하게 할 일을 해나가야겠다는 것을
배운 소중한 기회였다.

제 2019-0046 호

상 장

장려(3위)   1학년 1반
백일장(수필)   김 연 오

위 학생은 2019학년도 교내
학예대회에서 두서와 같은 성적을
거두었으므로 이 상장을 수여
합니다.

2019년 5월 29일

양곡중학교장 최 대 용

교내 학예대회에서 백일장 수필 부문 장려상을 받았다.
늘 쓰는 마음 관찰 일기 형식으로 글을 썼는데 연극 창작활동을 하시는
국어 선생님으로부터 본인이 직접 겪은 일상의 일을 진솔하게
표현하며 그 속에서 지혜를 발견해 내는, 소소한 일상에서
행복한 삶의 법칙이 담긴 글이라는 찬사를 받았다.

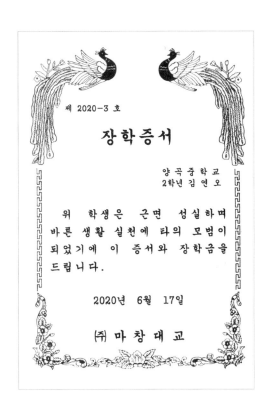

제 2020-3 호

장 학 증 서

양 곡 중 학 교
2학년 김 연 오

위 학생은 근면 성실하며
바른 생활 실천에 타의 모범이
되었기에 이 증서와 장학금을
드립니다.

2020년 6월 17일

㈜ 마 창 대 교

내가 할 일, 친구가 할 일 따지지 않고 내 일이 아니더라도
내가 할 수 있는 일이면 그냥 했다. 이렇게 매사에 최선을 다하는
일상생활이 무위로 학생들의 모범이 되어 담임 선생님의 추천으로
'장학금과 장학증서'를 받게 되었다.
나의 삶을 아름답게 연출하는 사람이 되니 내 주변 환경에도
좋은 영향을 끼쳐 그 결과 상도 받게 되었다.

제2020-00130호

상 장

교과우수상
체육

2학년 2반
김 연 오

위 학생은 2020학년도 제2학기 해당 교과의 성적이 우수하므로 이 상장을 수여합니다.

2020년 12월 31일

양곡중학교장 최 대 용

항상 주어진 일에 최선을 다하다 보면 최고의 나를 만난다.
상위 4%가 받게 되는 교과우수상으로 나는 체육 부문에서 수상했다.

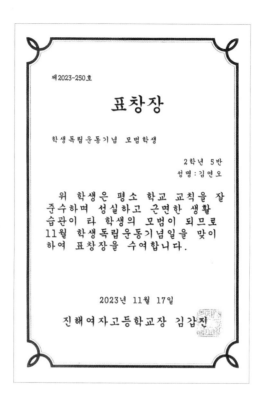

제 2023-250 호

표창장

학생독립운동기념 모범학생

2 학년 5 반
성명 : 김연오

위 학생은 평소 학교 교칙을 잘
준수하며 성실하고 근면한 생활
습관이 타 학생의 모범이 되므로
11월 학생독립운동기념일을 맞이
하여 표창장을 수여합니다.

2023년 11월 17일

진해여자고등학교장 김갑진

담임 선생님께서 반장, 부반장을 불러 이 상을 누가 받으면 좋을지
추천해 보라고 하셔서 나를 추천했다고 한다.
자기 할 일 잘해내고 친구 관계도 좋기 때문이다.
처음에는 얼떨떨한 표정으로 받았지만 내심 좋았다.

교장 선생님께서는 3학년 때는 공부를 더 열심히 할 수 있도록
좋은 환경을 만들어 주신다고 하셨다.
교장 선생님 말씀처럼 열심히 공부할 수 있는 더 좋은 환경에서
많이 배우면서 계속 알아가야겠다.

웰
빙

초판 1쇄 발행 2024. 7. 29.

지은이 김연오
펴낸이 김병호
펴낸곳 주식회사 바른북스

편집진행 박하연
디자인 배연수

등록 2019년 4월 3일 제2019-000040호
주소 서울시 성동구 연무장5길 9-16, 301호 (성수동2가, 블루스톤타워)
대표전화 070-7857-9719 | **경영지원** 02-3409-9719 | **팩스** 070-7610-9820

•바른북스는 여러분의 다양한 아이디어와 원고 투고를 설레는 마음으로 기다리고 있습니다.

이메일 barunbooks21@naver.com | **원고투고** barunbooks21@naver.com
홈페이지 www.barunbooks.com | **공식 블로그** blog.naver.com/barunbooks7
공식 포스트 post.naver.com/barunbooks7 | **페이스북** facebook.com/barunbooks7

ⓒ 김연오, 2024
ISBN 979-11-7263-072-0 03810